U0017310

壹月

甄士隱夢幻識通靈

[卷一]

甄士隱夢幻識通靈　賈雨村風塵懷閨秀

一月一日　元旦

卷一

　　一日炎夏永晝，士隱於書房閒坐，手倦拋書，伏几盹睡，不覺朦朧中走至一處，不辨是何地方。忽見那廂來了一僧一道，且行且談，只聽道人問道：「你攜了此物，意欲何往？」那僧笑道：「你放心，如今現有一段風流公案，正該了結，這一干風流冤家尚未投胎入世，趁此機會，就將此物夾帶於中，使他去經歷經歷。」那道人道：「原來近日風流冤家又將造劫歷世，但不知起於何處？落於何方？」那僧道：「此事說來好笑。只因西方靈河岸上三生石畔有絳珠仙草一株，那時這個石頭因媧皇未用，卻也落得逍遙自在，各處去遊玩，一日來到警幻仙子處，那仙子知他有些來歷，因留他在赤霞宮居住，就名他為赤霞宮神瑛侍者。他卻常在靈河岸上行走，看見這株仙草可愛，遂日以甘露灌溉，這絳珠草始得久延歲月。後來既受天地精華，複得甘露滋養，遂脫了草木之胎，得換人形，僅僅修成女體，終日游於『離恨天』外，饑餐『秘情果』，渴飲『灌愁水』。只因尚未酬報灌溉之德，故甚至五內鬱結著一段纏綿不盡之意，常說『自己受了他雨露之惠，我並無此水可還，他若下世為人，我也同去走一遭，但把我一生所有的眼淚還他，也還得過了。』因此一事，就勾出多少風流冤家都要下凡，造歷幻緣，那絳珠仙草也在其中。今日這石復還原處，你我何不將他仍帶到警幻仙子案前，給他掛了號，同這些情鬼下凡，一了此案。」那道人

一月二日

道：「果是好笑，從來不聞有『還淚』之說。趁此你
我何不也下世度脫幾個，豈不是一場功德？」那僧
道：「正合吾意。你且同我到警幻仙子宮中，將這
『蠢物』交割清楚，待這一干風流孽鬼下世，你我再
去。——如今有一半落塵，然猶未全集。」道人道：
「既如此，便隨你去來。」

扇墜

【出處】 見這塊鮮瑩明潔的石頭，且又縮成扇墜一般，甚屬可愛……（卷一）

【釋義】 繫於扇柄尾部的飾物，多以香木、玉、石、珊瑚、瑪瑙、象牙等雕琢而成，寓意吉祥，為文人雅玩之物，也可象徵身份的高貴。明謝肇淛《五雜俎》：「扇之有墜，唐前未聞，宋高宗宴大臣，見張循王扇有玉孩兒墜子，則當時有之矣。」

一月三日

冷子興演說榮國府

［卷二］

賈夫人仙逝揚州城　冷子興演說榮國府

一月四日

卷二

　　子興嘆道：「正說的是這兩門呢。待我告訴你：當日寧國公、榮國公是一母同胞弟兄兩個。……再說榮府你聽，方才所說異事就出在這裡。自榮公死後，長子賈代善襲了官，娶的是金陵世家史侯的小姐為妻，生了兩個兒子，長名賈赦，次名賈政。……這政老爺的夫人王氏，頭胎生的公子名喚賈珠，十四歲進學，不到二十歲就娶了妻，生了子，一病就死了；第二胎生了一位小姐，生在大年初一，就奇了；不想次年又生了一位公子，說來更奇，一落胞胎，嘴裡便銜下一塊五彩晶瑩的玉來，還有許多字跡，你道是新聞異事不是？」

　　雨村笑道：「果然奇異。只怕這人的來歷不小。」子興冷笑道：「萬人皆如此說，因而乃祖母愛如珍寶。那周歲時，政老爺便要試他將來的志向，便將那世上所有之物，擺了無數與他抓取，誰知他一概不取，伸手只把些脂粉釵環抓來玩弄；那政老爺便不喜歡，說將來是酒色之徒耳，因此便不甚愛惜。獨那太君還是命根子一般。說來又奇，如今長了七八歲，雖然淘氣異常，但聰明乖覺，百個不及他一個，說起孩子話來也奇怪，他說：『女兒是水做的骨肉，男人是泥做的骨肉，我見了女兒便清爽，見了男子便覺濁臭逼人。』你道好笑不好笑？將來色鬼無疑了。」雨村岸然厲色忙止道：「非也。可惜你們不知道這人來歷，大約政老前輩也錯以淫魔色鬼看待了。若非多讀

一月五日

書識事，加以致知格物之功、悟道參玄之力者，不能知也。」

小寒

　　《月令七十二候集解》：「十二月節。月初寒尚小，故云。月半則大矣。」小寒三候：一候雁北鄉，二候鵲始巢，三候雉始雊。小寒的到來，標誌進入一年中最寒冷的時段，民間有「小寒勝大寒」之說，此時陰邪最盛，陽氣開始生發，心臟病和高血壓患者易病情加重，中風患者增多，故養生方面，應注意「藏」，使精氣內聚，養腎、安神、保暖，多進行戶外運動。飲食方面，可多吃辣椒、生薑、蔥、蒜、糯米、韭菜、茴香、大棗、桂圓、栗子、核桃仁、杏仁、羊肉、海參等性溫熱的食物。

〔清〕胤禛耕織圖冊（局部）

一月六日　小寒

接外孫賈母惜孤女

[卷三]

托内兄如海薦西賓　接外孫賈母惜孤女

一月七日

卷三

　　林黛玉扶著婆子手進了垂花門，兩邊是抄手遊廊，正中是穿堂，當地放著一個紫檀架子大理石屏風。轉過屏風，小小三間廳房，廳後便是正房大院。正面五間上房，皆是雕樑畫棟，兩邊穿山遊廊廂房，掛著各色鸚鵡畫眉等雀鳥。臺階上坐著幾個穿紅著綠的丫頭，一見他們來了，都笑迎上來，說道：「剛才老太太還念呢，可巧就來了。」於是三四人爭著打簾子，一面聽得人說：「林姑娘來了！」

　　黛玉方進房，只見兩個人扶著一位鬢髮如銀的老母迎上來，黛玉知是外祖母了，正欲下拜，早被外祖母抱住，摟入懷中，「心肝兒肉」叫著大哭起來。當下侍立之人，無不下淚，黛玉也哭個不休。眾人慢慢解勸住了，黛玉方拜見了外祖母。當下賈母一一指與黛玉：「這是你大舅母，這是二舅母，這是你先珠大哥的媳婦珠大嫂。」黛玉一一拜見了。賈母又叫：「請姑娘們來。今日遠客初來，可以不必上學去。」眾人答應了一聲，便去了兩個。

　　不一時，只見三個奶媽並五六個丫鬟擁著三位姑娘來了：第一個肌膚微豐，身材合中，腮凝新荔，鼻膩鵝脂，溫柔沉默，觀之可親；第二個削肩細腰，長挑身材，鴨蛋臉兒，俊眼修眉，顧盼神飛，文彩精華，見之忘俗；第三個身量未足，形容尚小。其釵環裙襖，三人皆是一樣的妝束。黛玉忙起身迎上來見禮，互相廝認；歸了坐位，丫鬟送上茶來。不過敘些

黛玉之母,如何得病,如何請醫服藥,如何送死發喪。不免賈母又傷感起來,因說:「我這些女孩兒,所疼者獨有你母,今一旦先我而逝,不得見一面,教我怎不傷心!」說著攜了黛玉的手又哭起來,家人忙相勸慰,方略略止住。

汝窯

【出處】 於是老嬤嬤引黛玉進東房門來,臨窗大炕上鋪著猩紅洋毯,正面設著大紅金錢蟒引枕,秋香色金錢蟒大條褥;兩邊設一對梅花式洋漆小几,左邊几上文王鼎,匙箸香盒,右邊几上汝窯美人觚,內插著時鮮花卉,並茗碗茶具等物。(卷三)

【釋義】 汝窯,北宋時建於汝州(今河南寶豐、汝州一帶)的官窯,宋代五大名窯之一。汝窯以青瓷聞名,有天青、豆青、粉青諸品。因釉中含有瑪瑙屑,色澤溫潤,瑩若堆脂,有「青如天,面如玉,蟬翼紋,晨星稀,芝麻支釘釉滿足」之特點。汝窯之興盛僅二十年,瓷器存世量不足百件,故尤為珍稀。觚,古代酒器,因其長身細腰,形如美人,故稱「美人

〔宋〕汝窯
青釉長頸瓶

觚」，據考，汝瓷應無此器形。書中有多處提及汝窯
瓷器，如卷四十，寫探春房內陳設，「那一邊設著
斗大的一個汝窯花囊。插著滿滿的一囊水晶球的白
菊」。

薄命女偏逢薄命郎
命郎葫蘆僧判
斷葫蘆案

[卷四]

薄命女偏逢薄命郎　葫蘆僧亂判葫蘆案

一月十日

卷四

雨村道：「方才何故不令發籤？」這門子道：「老爺榮任到此，難道就沒抄一張本省的『護官符』來不成？」雨村忙問：「何為『護官符』？」門子道：「如今凡作地方官皆有一個私單，上面寫的是本省最有權勢極富貴的大鄉紳名姓，各省皆然；倘若不知，一時觸犯了這樣的人家，不但官爵，只怕連性命也難保呢！所以叫做『護官符』。方才所說的這薛家，老爺如何惹得他！他這件官司並無難斷之處，從前的官府，都因礙著情分臉面，所以如此。」一面說，一面從順袋中取出一張抄的「護官符」來，遞與雨村，看時，上面皆是本地大族名宦之家的諺俗口碑，云：

賈不假，白玉為堂金作馬。

阿房宮，三百里，住不下金陵一個史。

東海缺少白玉床，龍王來請金陵王。

豐年好大雪，珍珠如土金如鐵。

雨村尚未看完，忽聞傳點，報：「王老爺來拜。」雨村忙具衣冠出去接迎。有頓飯工夫方回來，問這門子，門子道：「這四家皆連絡有親，一損俱損，一榮俱榮，扶持遮飾，皆有照應的。今告打死人之薛就是『豐年大雪』之『薛』也。不單靠這三家，他的世交親友在都在外者本亦不少，老爺如今拿誰去？」

一月十一日

賈寶玉神遊太虛境

[卷五]

賈寶玉神遊太虛境　警幻仙曲演紅樓夢

一月十二日

卷五

　　寶玉見是一個仙姑,喜得忙來作揖,笑問道:「神仙姊姊,不知從那裡來,如今要往那裡去?我也不知這裡是何處,望乞攜帶攜帶。」那仙姑道:「吾居離恨天之上,灌愁海之中,乃放春山遣香洞太虛幻境警幻仙姑是也:司人間之風情月債,掌塵世之女怨男癡。因近來風流冤孽,纏綿於此,是以前來訪察機會,布散相思。今日與爾相逢,亦非偶然。此離吾境不遠,別無他物,僅有自采仙茗一盞,親釀美酒一甕,素練魔舞歌姬數人,新填『紅樓夢』仙曲十二支,可試隨我一遊否?」

　　寶玉聽了,喜躍非常,便忘了秦氏在何處,竟隨了仙姑至一所在。有石牌橫建,上書「太虛幻境」四大字,兩邊一副對聯,乃是:

假作真時真亦假,無為有處有還無。

　　轉過牌坊,便是一座宮門,上橫書四個大字,道是:「孽海情天」。又有一副對聯,大書云:

厚地高天,堪嘆古今情不盡;癡男怨女,可憐風月債難酬。

　　寶玉看了,心下自思道:「原來如此。但不知何為『古今之情』?又何為『風月之債』?從今倒要領略領略。」寶玉只顧如此一想,不料早把些邪魔招入膏肓了。當下隨了仙姑進入二層門內,只見兩邊配

殿，皆有匾額對聯，一時看不盡許多，惟見幾處寫著
的是：「癡情司」、「結怨司」、「朝啼司」、「暮
哭司」、「春感司」、「秋悲司」。看了，因向仙姑
道：「敢煩仙姑引我到那各司中遊玩遊玩，不知可使
得？」仙姑道：「此中各司貯的是普天之下所有的女
子過去未來的簿冊，爾凡眼塵軀，未便先知的。」寶
玉聽了，那裡肯依，復央之再四，警幻便看這司的匾
說：「也罷，就在此司內略隨喜隨喜罷。」

手爐

【出處】 那鳳姊家常帶著紫貂昭君套，圍著那攢珠勒子，穿著桃紅灑花襖，石青刻絲灰鼠披風，大紅洋縐銀鼠皮裙；粉光脂豔，端端正正坐在那裡，手內拿著小銅火箸兒撥手爐內的灰。（卷六）

【釋義】 冬天暖手用的小爐子，是舊時中國宮廷和民間普遍使用的一種取暖工具，爐內加炭火，因可以捧在手上，籠進袖內，又名「捧爐」、「袖爐」、「火籠」。手爐由爐身、爐底、爐蓋（爐罩）、提梁（提柄）組成，其中爐蓋以其紋樣繁多、寓意吉祥的鏤空雕刻而彰顯藝術性。手爐有八角形、圓形、方形、花籃形、南瓜形等，多由紫銅、黃銅、白銅製成，也有少量瓷製品。明文震亨《長物志》云：「手爐以古銅青綠大盆及籩籃之屬為之，宣銅、獸頭、三腳鼓爐亦可用，惟不可用黃白銅及紫檀、花梨等架。」手爐自唐朝出現，到明朝中後期，製作工藝日趨精湛，清末開始衰落。

〔清〕畫琺瑯三陽開泰紋手爐

一月十四日

賈寶玉初試雲雨情

[卷六]

賈寶玉初試雲雨情　劉姥姥一進榮國府

一月十五日

卷六

　　卻說秦氏因聽見寶玉在夢中喚他的乳名，心中自是納悶，又不好細問。彼時寶玉迷迷惑惑，若有所失，眾人忙端上桂圓湯來，喝了兩口，遂起身整衣，襲人伸手與他繫褲帶時，剛伸手至大腿處，只覺冰冷一片粘濕，唬的忙退出手來，問：「是怎麼了？」寶玉紅漲了臉，把他的手一捻，襲人本是個聰明女子，年紀又比寶玉大兩歲，近來也漸省人事，今見寶玉如此光景，心中便覺察了一半，不覺羞得紅漲了臉面，遂不敢再問。仍舊理好了衣裳，隨至賈母處來，胡亂吃過晚飯，過這邊來。

　　襲人趁眾奶娘丫鬟不在旁時，另取出一件中衣，與寶玉換上。寶玉含羞央道：「好姊姊，千萬別告訴別人。」襲人含羞笑問道：「你夢見什麼故事了？是那裡流出來的那些髒東西？」寶玉道：「一言難盡。」便把夢中之事細說與襲人知了。說至警幻所授雲雨之情，羞的襲人掩面伏身而笑。寶玉亦素喜襲人柔媚嬌俏，遂與襲人同領警幻所訓雲雨之事。襲人自知係賈母將他與了寶玉的，今便如此，亦不為越禮，遂和寶玉偷試了一番，幸無人撞見。自此寶玉視襲人更與別個不同，襲人侍寶玉越發盡職。暫且別無話說。

一月十六日

九連環

【出處】 誰知此時黛玉不在自己房裡，卻在寶玉房中，大家解九連環作戲。（卷七）

【釋義】 一種智力玩具，在中國已有約兩千年歷史，一般用鐵絲、銅絲或銀絲製成。其形狀為一個長圈，一端有柄，中套九個圓環，每環下邊連著垂下的直絲，到下邊總連起一個橫條，摘下套上，手法極繁。以能全部解開者為勝。《清稗類鈔》云：「欲使九環同貫於柱上，則先上第一環，再上第二環，而下第一環，再上第三環，而下其第一二環，再上第四環。如此更迭上下，凡八十一次，而九環畢上矣。解之之法，先下第一環，次下其第二環，更上第一環，而並下其第一二環，又下其第三環。如是更迭上下，凡八十一次，而九環畢下矣。」

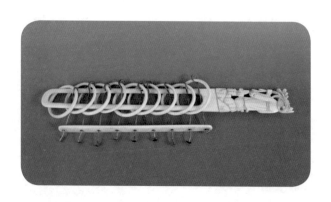

一月十七日

寧國府除夕祭宗祠　榮國府元宵開夜宴

鍾素會玉寧府國寧

[卷七]

送宮花賈璉戲熙鳳　宴寧府寶玉會秦鐘

一月十八日

卷七

　　寶玉秦鐘二人隨便起坐說話，那寶玉自一見秦鐘人品，心中便有所失，癡了半日，自己心中又起了個呆意，乃自思道：「天下竟有這等的人物！如今看了，我竟成了泥豬癩狗了。可恨我為什麼生在這侯門公府之家？若也生在寒儒薄宦之家，早得與他交接，也不枉生了一世。我雖比他尊貴，可知綾錦紗羅，也不過裹了我這枯株朽木；美酒羊羔，也只不過填了我這糞窟泥溝。『富貴』二字，不啻遭我荼毒了！」秦鐘自見寶玉形容出眾，舉止不浮，更兼金冠繡服，豔婢嬌童，——「果然怨不得人人溺愛他，可恨我偏生於清寒之家，那能與他交接，可知『貧富』二字限人，亦世界上大不快事。」二人一樣的胡思亂想。寶玉又問他讀什麼書，秦鐘見問，便依實而答。二人你言我語，十來句後，越覺親密起來。

　　一時擺上茶果吃茶，寶玉便說：「我們兩個又不吃酒，把果子擺在裡間小炕上，我們那裡坐去，省得鬧你們。」於是二人進裡間來吃茶。秦氏一面張羅與鳳姊擺果酒，一面忙進來囑寶玉道：「寶叔，你侄兒年小，倘或言語不防頭，你千萬看著我，不要睬他。他雖靦腆，卻性子左強，不大隨和些是有的。」寶玉笑道：「你去罷，我知道了。」秦氏又囑了他兄弟一回，方去陪鳳姊。

一月十九日

大寒

《月令七十二候集解》：「十二月中。冰之初凝，水面而已，至此則徹，上下皆凝。」大寒三候：一候雞乳，二候征鳥厲疾，三候水澤腹堅。大寒為二十四節氣中最後一個，此時寒冷到了極致，心腦血管疾病、呼吸道疾病易發，應注意「藏」，防寒保暖，安心養性，早睡晚起，勿擾陽氣。飲食方面，宜吃發散風寒的食物，如生薑、花椒、蔥、辣椒等，可多食山楂、淮山、小米粥等以健胃消食，忌生冷、不宜消化之物。

〔清〕胤禛耕織圖冊（局部）

一月廿日　大寒

賈寶玉奇緣識
金鎖
薛寶釵巧合認
通靈

[卷八]

賈寶玉奇緣識金鎖　薛寶釵巧合認通靈

一月廿一日

卷八

　　寶釵因笑說道：「成日家說你的這玉，究竟未曾細細的賞鑒，我今兒倒要瞧瞧。」說著便挪近前來。寶玉亦湊上去，從項上摘了下來，遞在寶釵手內。寶釵托在掌上，只見大如雀卵，燦若明霞，瑩潤如酥，五色花紋纏護。看官們須知道，這就是大荒山中青埂峰下的那塊頑石幻相……

　　寶釵看畢，又從先翻過正面來細看，口裡念道：「莫失莫忘，仙壽恆昌。」念了兩遍，乃回頭向鶯兒笑道：「你不去倒茶，也在這裡發呆作什麼？」鶯兒也嘻嘻的笑道：「我聽這兩句話，倒像和姑娘項圈上的兩句話是一對兒。」寶玉聽了，忙笑道：「原來姊姊那項圈上也有八個字？我也賞鑒賞鑒。」寶釵道：「你別聽他的話，沒有什麼字。」寶玉央道：「好姊姊，你怎麼瞧我的呢。」寶釵被纏不過，因說道：「也是個人給了兩句吉利話兒，鏨上了，所以天天帶著；不然，沉甸甸的，有什麼趣兒？」一面說，一面解了排扣，從裡面大紅襖上將那珠寶晶瑩、黃金燦爛的瓔珞摘將出來。寶玉忙托著鎖看時，果然一面有四個字，兩面八個字，共成兩句吉讖。——亦曾按式畫下形相。（不離不棄，芳齡永繼）寶玉看了，也念了兩遍，又念自己的兩遍，因笑問：「姊姊，這八個字倒與我的是一對兒。」鶯兒笑道：「是個癩頭和尚送的，他說必須鏨在金器上……」寶釵不待他說完，便嗔他不去倒茶，一面又問寶玉從那裡來。

一月廿二日

普洱茶

【出處】 寶玉忙笑道:「媽媽說得是。我每日都睡得早,媽媽每日進來,可都是我不知道的,已經睡了。今日因吃了麵,怕停食,所以多玩一回。」林之孝家的又向襲人等笑說:「該泡些普洱茶吃。」襲人晴雯二人忙說:「泡了一茶缸子女兒茶,已經吃過兩碗了。大娘也嘗一碗,都是現成的。」(卷六十三)

【釋義】 普洱茶產於雲南,是以雲南大葉種曬青毛茶為原料,經過後發酵加工成的散茶和緊壓茶,有生茶和熟茶之分。明朝時,茶馬古道的興盛,使普洱茶聲名遠播。據《本草綱目拾遺》載:「普洱茶膏黑如漆,醒酒第一。綠色者更佳,消食化痰,清胃生津,功力猶大也。」故林之孝家的建議寶玉飲之消食。近年來,因其降脂、養胃、越陳越香等特點而受到大眾追捧,被譽為「可入口的古董」。據學者考證,女兒茶也應為普洱的一種。

一月廿三日

訓劣子李貴承申飭　嗔頑童茗煙鬧書房

訓劣子李貴
承申飭
嗔頑童茗烟
鬧書房

[卷九]

訓劣子李貴承申飭　嗔頑童茗煙鬧書房

一月廿四日

卷九

　　賈蘭賈菌亦係榮府近派的重孫，這賈菌少孤，其母疼愛非常，書房中與賈蘭最好，所以二人同坐。誰知這賈菌年紀雖小，志氣最大，極是淘氣不怕人的。他在位上，冷眼看見金榮的朋友暗助金榮，飛硯來打茗煙，偏打錯了落在自己面前，將個磁硯水壺兒打粉碎，濺了一書墨水。賈菌如何依得，便罵：「好囚攮的們，這不都動了手了麼！」罵著，也便抓起硯磚來要飛。賈蘭是個省事的，忙按住硯磚，極口勸道：「好兄弟，不與咱們相干。」賈菌如何忍得，見按住硯磚，他便兩手抱起書篋子來，照這邊撾了來。終是身小力薄，卻撾不到，反撾至寶玉秦鐘案上就落下來了。只聽豁啷一響，砸在桌上，書本、紙片、筆、硯等物，撒了一桌；又把寶玉的一碗茶也砸得碗碎茶流。那賈菌即便跳出來，要揪打那飛硯的人。金榮此時隨手抓了一根毛竹大板在手，地狹人多，那裡經得舞動長板。茗煙早吃了一下，亂嚷：「你們還不來動手？」寶玉還有幾個小廝：一名掃紅，一名鋤藥，一名墨雨，這三個豈有不淘氣的，一齊亂嚷：「小婦養的！動了兵器了！」墨雨遂掇起一根門閂，掃紅鋤藥手中都是馬鞭子，蜂擁而上。賈瑞急得攔一回這個，勸一回那個，誰聽他的話？肆行大亂。眾頑童也有幫著打太平拳助樂的，也有膽小藏過一邊的，也有立在桌上拍著手亂笑，喝著聲兒叫打的。登時鼎沸起來。

一月廿五日

熏籠

【出處】 麝月便開了後房門,揭起氈簾一看,果然好月色。晴雯等他出去,便欲唬他玩耍,仗著素日比別人氣壯,不畏寒冷,也不披衣,只穿著小襖,便躡手躡腳的下了熏籠,隨後出來。(卷五十一)

【釋義】 此處的熏籠是指一種取暖用的組合家具,主體為桌子,四周有凳子或椅子。取暖時,將火盆置於桌下,人坐在四周的椅子上,把腳架在火盆上,身體也可伏在桌子上,如白居易《長慶集·後宮詞》:「紅顏未老恩先斷,斜倚熏籠坐到明。」也可鋪上臥具睡在上面,如卷五十:「又命將熏籠抬至暖閣前,麝月便在熏籠上睡。」今江、浙、皖一帶農村仍有使用。

〔明〕陳洪綬　斜倚熏籠圖　(局部)

一月廿六日

臘八節

【出處】 寶玉又謅道:「林子洞裡原來有一群耗子精。那一年臘月初七日,老耗子升座議事,說:『明兒乃是臘八日,世上人都熬臘八粥,如今我們洞中果品短少,須得趁此打劫些來方好。』乃拔令箭一枝,遣一能幹小耗前去打聽。」(卷十九)

【釋義】 臘八節又稱臘日祭、臘八祭,上古時有祭祖祭神、慶豐收、逐疫迎春的儀式。佛教傳入中國後,相傳釋迦牟尼佛於農曆十二月初八日成道,臘八節便固定在此日,寺院於這天煮臘八粥供佛的傳統也隨之流入民間,成為臘八節的固定習俗,北方還有醃製臘八蒜的傳統。南宋周密《武林舊事》載:「(臘月)八日,則寺院及家人用胡桃、松子、乳草、柿、棗之類作粥,謂之『臘八粥』。」此風俗歷宋、元、明、清至今不衰,各地煮粥所用材料略有差異,如書中提到的揚州臘八粥所用之香芋,北方則無。

一月廿七日

金瓶梅
張太醫論病細窮源
金寡婦貪利權受辱

[卷十]

金寡婦貪利權受辱　張太醫論病細窮源

一月廿八日

卷十

　　那先生說：「大奶奶這個症候，可是眾位耽擱了。要在初次行經的時候就用藥治起，只怕此時已痊癒了。如今既是把病耽誤到這地位，也是應有此災。依我看起來，病倒尚有三分治得。吃了我這藥看，若是夜間睡的著覺，那時又添了二分拿手了。據我看這脈息，大奶奶是個心性高強、聰明不過的人；但聰明太過，則不如意事常有；不如意事常有，則思慮太過。此病是憂慮傷脾，肝木忒旺，經血所以不能按時而至。大奶奶從前行經的日子問一問，斷不是常縮，必是常長的。是不是？」這婆子答道：「可不是！從沒有縮過，或是長兩日三日，以至十日不等，都長過的。」先生聽道：「是了，這就是病源了。從前若能以養心調氣之藥服之，何至於此！這如今明顯出一個水虧火旺的症候來。待我用藥看。」於是寫了方子，遞與賈蓉，上寫的是：

　　益氣養榮補脾和肝湯

人參　　白朮　　雲苓　　　熟地　　歸身

白芍　　川芎　　黃芪　　香附米　醋柴胡

懷山藥　真阿膠　　延胡索　炙甘草

引用建蓮子七粒去心　　大棗二枚

　　賈蓉看了說：「高明的很。還要請教先生：這病與性命終久有妨無妨？」先生笑道：「大爺是最高明的人，人病到這個地位，非一朝一夕的症候了。吃了

這藥，也要看醫緣了。依小弟看來，今年一冬是不相
干的。總是過了春分，就可望痊癒了。」賈蓉也是個
聰明人，也不往下細問了。

見熙鳳賈瑞起淫心

［卷十一］

慶壽辰寧府排家宴　見熙鳳賈瑞起淫心

一月卅日

卷十一

　　鳳姐兒正看園中景致，一步步行來，正讚賞時，猛然從假山石後走出一個人來，向前對鳳姐說道：「請嫂子安。」鳳姐兒猛一驚，將身往後一退，說道：「這是瑞大爺不是？」賈瑞說道：「嫂子連我也不認得了？」鳳姐兒道：「不是不認得，猛然一見，想不到是大爺在這裡。」賈瑞道：「也是合該我與嫂子有緣。我方才偷出了席，在這裡清淨地方略散一散，不想就遇見嫂子。這不是有緣麼？」一面說著，一面拿眼睛不住的觀看鳳姐。

　　鳳姐是個聰明人，見他這個光景，如何不猜八九分呢，因向賈瑞假意含笑道：「怪不得你哥哥常提你，說你好。今日見了，聽你這幾句話兒，就知道你是個聰明和氣的人了。這會子我要到太太們那邊去呢，不得和你說話，等閑了再會罷。」賈瑞道：「我要到嫂子家裡去請安，又怕嫂子年輕，不肯輕易見人。」鳳姐又假笑道：「一家骨肉，說什麼年輕不年輕的話。」賈瑞聽了這話，心中暗喜，因想道：「再不想今日得此奇遇！」那情景越發難堪了。鳳姐兒說道：「你快去入席去罷，看他們拿住了，罰你的酒。」賈瑞聽了，身上已木了半邊，慢慢的走著，一面回過頭來看。鳳姐兒故意的把腳放遲了，見他去遠了，心裡暗忖道：「這才是『知人知面不知心』呢。那裡有這樣禽獸的人？他果如此，幾時叫他死在我手裡，他才知道我的手段！」

一月卅一日

貳月

王熙鳳
毒設
相思局

[卷十二]

王熙鳳毒設相思局　賈天祥正照風月鑑

二月一日

卷十二

　　那賈瑞此時要命心急，無藥不吃，只是白花錢，不見效。忽然這日有個跛足道人來化齋，只稱專治冤業之症。賈瑞偏生在內聽了，直著聲叫喊，說：「快去請進那位菩薩來救命！」一面在枕頭上叩首。眾人只得帶了那道士進來。賈瑞一把拉住，連叫「菩薩救我！」那道士嘆道：「你這病非藥可醫。我有個寶貝與你，你天天看此時，命可保矣。」說畢，從搭褳中取正反面皆可照人的鏡子來，背上面鏨著「風月寶鑒」四字。遞與賈瑞道：「這物出自太虛幻境空靈殿上，警幻仙子所製，專治邪思妄動之症，有濟世保生之功。所以帶他到世上來，單與那些聰明傑俊、風雅王孫等看照。千萬不可照正面，只照他的背面，要緊，要緊！三日後吾來收取，管叫你好了。」說畢，徜徉而去，眾人苦留不住。

　　賈瑞接了鏡子，想道：「這道士倒有意思，我何不照一照試試？」想畢，拿起「風月寶鑒」來，向反面一照，只見一個骷髏立在裡面，唬得賈瑞連忙掩了，罵：「道士混帳！如何嚇我！我倒再照照正面是什麼？」想著，便將正面一照，只見鳳姐站在裡面點手兒叫他。賈瑞心中一喜，蕩悠悠覺得進了鏡子，與鳳姐雲雨一番，鳳姐仍送他出來。到了床上，「嗳喲」了一聲，一睜眼，鏡子從新又掉過來，仍是反面立著一個骷髏。賈瑞自覺汗津津的，底下已遺了一灘精。心中到底不足，又翻過正面來，只見鳳姐還招手

二
月
二
日

叫他，他又進去，如此三四次。到了這次，剛要出鏡
子來，只見兩個人走來，拿鐵鎖把他套住，拉了就
走。賈瑞叫道：「讓我拿了鏡子再走……」只說這
句，就再不能說話了。

刻絲

【出處】 這個人打扮與姑娘們不同，彩繡輝煌，恍若神妃仙子：頭上戴著金絲八寶攢珠髻，綰著朝陽五鳳掛珠釵，項上戴著赤金盤螭瓔珞圈，身上穿著縷金百蝶穿花大紅花雲緞窄褃襖，外罩五彩刻絲石青銀鼠褂，下著翡翠撒花洋縐裙……（卷三）

【釋義】 亦作緙絲、剋絲，是中國傳統的一種特色絲織工藝。在本色經絲上，將各色緯絲按花紋輪廓，一小塊一小塊用小梭子織成平紋花樣。各色緯絲只在圖案紋樣需要時才與經絲交織，緯絲不貫串全幅而經絲則通貫織物，這就是通常所說的「通經斷緯」。據考，中國在唐代已出現緙絲工藝。明代緙絲特點是大量緙金，使用孔雀羽緙製花紋，發明了「鳳尾戧」緙法。清代緙絲有了更大發展，大量應用於帝后服裝、掛屏、楅扇、圍幔、佛像、荷包、香囊等，出現了雙面透繡、合色線緙、三色金緙、三藍緙絲、水墨緙絲等新技術。

二月三日

立春

《月令七十二候集解》：「正月節。立，建始也。而春木之氣始至，故謂之立也。」立春三候：一候東風解凍，二候蟄蟲始振，三候魚陟負冰。立春居二十四節氣之首，此時陽氣生發，應保護陽氣，春屬木，與肝相應，故立春養生當以養肝為要。在飲食上，宜食蘿蔔、韭菜等辛甘發散的食物，不宜食酸收之味。在作息上，注意早臥早起，放鬆身心，保持心情舒暢。立春節俗，各地有咬春（吃應季菜蔬、春餅、春捲、五辛盤等）、鞭春牛、踏春等。

〔清〕胤禛耕織圖冊（局部）

二月四日　立春

秦可卿死封龍禁尉

[卷十三]

秦可卿死封龍禁尉　王熙鳳協理寧國府

二月五日

卷十三

　　鳳姐方覺睡眼微蒙，恍惚只見秦氏從外走進來，含笑說道：「嬸嬸好睡！我今日回去，你也不送我一程。因娘兒們素日相好，我捨不得嬸嬸，故來別你一別。還有一件心願未了，非告訴嬸嬸，別人未必中用。」

　　鳳姐聽了，恍惚問道：「有何心願？只管托我就是了。」秦氏道：「嬸嬸，你是個脂粉隊裡的英雄，連那些束帶頂冠的男子也不能過你，你如何連兩句俗語也不曉得？常言：『月滿則虧，水滿則溢』，又道是：『登高必跌重。』如今我們家赫赫揚揚，已將百載，一日倘或『樂極生悲』，若應了那句『樹倒猢猻散』的俗語，豈不虛稱了一世詩書舊族了！」鳳姐聽了此話，心胸不快，十分敬畏，忙問道：「這話慮的極是，但有何法可以永保無虞？」秦氏冷笑道：「嬸嬸好癡也！『否極泰來』，榮辱自古周而復始，豈人力所能常保的。但如今能於榮時籌畫下將來衰時的世業，亦可以常永保全了。即如今日諸事俱妥，只有兩件未妥，若把此事如此一行，則後日可保永全了。」

　　鳳姐便問：「何事？」秦氏道：「目今祖塋雖四時祭祀，只是無一定的錢糧；第二，家塾雖立，無一定的供給。依我想來，如今盛時固不缺祭祀供給，但將來敗落之時，此二項有何出處？莫若依我定見，趁今日富貴，將祖塋附近多置田莊、房舍、地畝，以備

二
月
六
日

祭祀供給之費皆出自此處,將家塾亦設於此。合同族
中長幼,大家定了則例,日後按房掌管這一年的地畝
錢糧、祭祀供給之事。如此周流,又無爭競,也沒有
典賣諸弊。便是有罪,己物可入官,這祭祀產業,連
官也不入的。便敗落下來,子孫回家讀書務農,也有
個退步,祭祀又可永繼。若目今以為榮華不絕,不思
後日,終非長策。眼見不日又有一件非常喜事,真是
烈火烹油、鮮花著錦之盛。要知道,也不過是瞬息的
繁華,一時的歡樂,萬不可忘了那『盛筵必散』的俗
語。若不早為後慮,只恐後悔無益了。」

惠泉酒

【出處】 芳官道:「我先在家裡,吃二三斤好惠泉酒呢;如今學了這勞什子,他們說怕壞嗓子,這幾年也沒聞見。趁今日,我可是要開齋了。」(卷六十二)

【釋義】 南酒(即黃酒)的一種,惠泉酒指用無錫惠山下的「天下第二泉」——惠泉水釀成的甜米酒,酒精度較低。在明清時,南酒是名酒,亦是貢品。清劉廷璣《在園雜志》云:「京師饋遺,必以南酒為貴重,如惠泉、蕪湖、四美瓶頭、紹興、金華諸品,言方物也。」 曹雪芹的朋友裕瑞在《棗窗閒筆》中記述,曹公稱:「若有人欲快睹我書(《紅樓夢》),不難,惟日以南酒燒鴨享我,我即為之作書。」

二月
七日

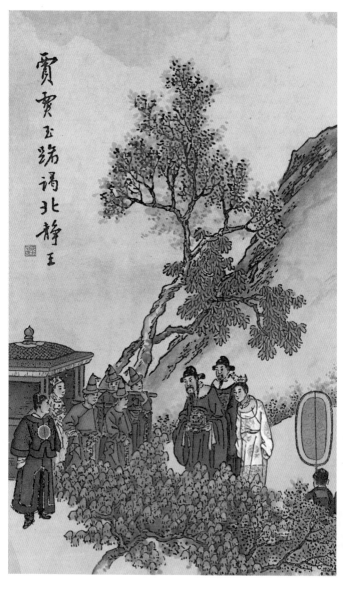

賈賈玉路謁北靜王

[卷十四]

林如海捐館揚州城　賈寶玉路謁北靜王

二月八日

卷十四

　　走不多時,路上彩棚高搭,設席張筵,和音奏樂,俱是各家路祭:第一棚是東平王府的祭,第二棚是南安郡王的祭,第三棚是西寧郡王的祭,第四棚便是北靜郡王的祭。原來這四王,當日惟北靜王功最高,及今子孫猶襲王爵。現今北靜王世榮年未弱冠,生得美秀異常,情性謙和。近聞寧國府塚孫婦告殂,因想當日彼此祖父有相與之情,同難同榮,未以異姓相視,因此不以王位自居,上日也曾探喪上祭,如今又設路奠,命麾下各官在此伺候。自己五更入朝,公事一畢,便換了素服,坐大轎,鳴鑼張傘而來,至棚前落轎,手下各官兩旁擁侍,軍民人眾不得往還。

　　一時只見寧府大殯浩浩蕩蕩、壓地銀山一般從北而至。早有寧府開路傳事人等報與賈珍,賈珍急命前面住紮,同賈赦賈政三人連忙迎來,以國禮相見。世榮在轎內欠身,含笑答禮,仍以世交稱呼接待,並不自大。賈珍道:「犬婦之喪,累蒙郡駕下臨,蔭生輩何以克當。」世榮笑道:「世交至誼,何出此言?」遂回頭令長府官主祭代奠。賈赦等一旁還禮,復親身來謝恩。世榮十分謙遜,因問賈政道:「那一位是銜玉而誕者?久欲得一見為快,今日一定在此,何不請來。」賈政忙退下,命寶玉更衣,領他前來謁見。那寶玉素聞得世榮是個賢王,且才貌俱全,風流跌宕,不為官俗國體所縛,每思相會,只是父親拘束,不克如願,今見反來叫他,自是喜歡。一面走,一面瞥見那世榮坐在轎內,好個儀表。

二月九日

交椅

【出處】 歸了正坐，賈敬賈赦等領了諸子弟進來，賈母笑道：「一年家難為你們，不行禮罷。」一面男一起，女一起，一起一起行過了禮；左右設下交椅，然後又按長幼挨次歸坐受禮。（卷五十三）

【釋義】 交椅，即折疊椅，大致出現在唐、宋之際。元、明、清的交椅在宋代的基礎上有進一步發展，交椅的結構更堅固，造型更優美。這一時期主要流行直行搭腦、豎向靠背和圓形搭腦、豎向靠背的式樣。

二月十日

祭灶

　　在過去，小年是祭灶的日子，有「官三民四船五」的說法。相傳這天，灶王爺要上天向玉皇大帝稟報這家人的善惡，以求賞罰。因此，送灶時人們要在灶王像前供糖果，為的是甜甜灶王爺的嘴，讓他在玉帝那裡說好話。大年三十的晚上，灶王爺還要與諸神來人間過年，家家要行「接灶」、「接神」的儀式。過了小年，就意味著除夕在即，要開始除塵洗浴、置辦年貨了。

二月十一日

王鳳姐弄權鐵檻寺

[卷十五]

王鳳姊弄權鐵檻寺　秦鯨卿得趣饅頭庵

二月十二日

卷十五

　　鳳姐也略坐片時，便回至淨室歇息，老尼相送。此時眾婆娘媳婦見無事，都陸續散了，自去歇息，跟前不過幾個心腹小婢，老尼便趁機說道：「我有一事，要到府裡求太太，先請奶奶一個示下。」鳳姐問：「何事？」老尼道：「阿彌陀佛！只因當日我先在長安縣善才庵內出家的時節，那時有個施主姓張，是大財主。他有個女兒小名金哥，那年都往我廟裡來進香，不想遇見了長安府太爺的小舅子李衙內。那李衙內一心看上，要娶金哥，打發人來求親，不想金哥已受了原任長安守備的公子的聘定。張家若退親，又怕守備不依，因此說已有了人家。誰知李公子執意要娶他女兒，張家正無計策，兩處為難。不料守備家一知此信，也不問青紅皂白，便來作踐辱罵，說：『一個女兒許幾家人家？』偏不許退定禮，就打官司告狀起來。那家急了，只得著人上京來尋門路，賭氣偏要退定禮。我想如今長安節度雲老爺，與府上相契，可以求太太與老爺說聲，發一封書，求雲老爺和那守備說一聲，不怕他不依。若是肯行，張家連傾家孝順也都情願。」

　　鳳姐聽了笑道：「這事倒不大，只是太太再不管這樣的事。」老尼道：「太太不管，奶奶可以主張了。」鳳姐笑道：「我也不等銀子使，也不做這樣的事。」淨虛聽了，打去妄想，半晌嘆道：「雖如此說，只是張家已知我來求府裡。如今不管這事，張家

不知道沒工夫管這事，不希罕他的謝禮，倒像府裡連這點子手段也沒有的一般。」

　　鳳姊聽了這話，便發了興頭，說道：「你是素日知道我的，從來不信什麼陰司地獄報應的，憑是什麼事，我說要行就行。你叫他拿三千兩銀子來，我就替他出這口氣。」

扇袋

【出處】 寶玉笑道:「每人一吊。」眾人道:「誰沒見那一吊錢,把這荷包賞了罷。」說著,一個個都上來解荷包,解扇袋,不容分說,將寶玉所佩之物,盡行解去。(卷十七)

【釋義】 亦作扇囊、扇套,即裝摺扇的袋子,材質多為錦緞,紋飾通常採用緙絲、平金、繡花、戳紗等工藝,以做工精巧為貴,清代男子腰帶上常繫有七件頭、九件頭等活計,其中即有扇袋。

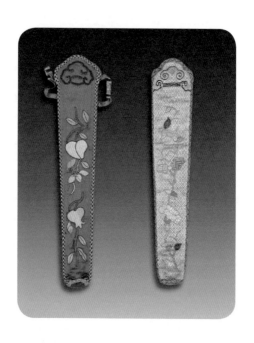

二月十四日

[卷十六]

賈元春才選鳳藻宮　秦鯨卿天逝黃泉路

二月十五日

卷十六

一日正是賈政的生辰，寧榮二處人丁都齊集慶賀，熱鬧非常，忽有門吏報道：「有六宮都太監夏老爺特來降旨。」唬的賈赦賈政一干人不知何事，忙止了戲文，撤去酒席，擺香案，啟中門跪接。早見都太監夏秉忠乘馬而至，又有許多跟從的內監。那夏太監也不曾負詔捧敕，直至正廳下馬，滿面笑容，走至廳上，南面而立，口內說：「特奉旨：立刻宣賈政入朝，在臨敬殿陛見。」說畢，也不吃茶，便乘馬去了。

賈政等也猜不出是何兆頭，只得即忙更衣入朝。賈母等合家人心俱惶惶不定，不住的使人飛馬來往報信。有兩個時辰，忽見賴大等三四個管家喘吁吁跑進儀門報喜，又說「奉老爺命，速請老太太率領太太等進宮謝恩」等語。

那時賈母心神不定，在大堂廊下佇候，邢王二夫人、尤氏、李紈、鳳姊、迎春姊妹以及薛姨媽等，皆聚在一處打聽資訊。賈母又喚進賴大來細問端的，賴大稟道：「小的們只在臨莊門外伺候，裡頭的信息一概不知。後來夏太監出來道喜，說咱們家的大小姊晉封為鳳藻宮尚書，加封賢德妃。後來老爺出來亦如此吩咐小的。如今老爺又往東宮去了，速請老太太們去謝恩。」賈母等聽了方心安，一時皆喜見於面，於是都按品大妝起來。賈母率領邢王二夫人並尤氏，一共四乘大轎，魚貫入朝。賈赦賈珍亦換了朝服，帶領賈薔賈蓉，奉侍賈母前往。

二月十六日

火腿燉肘子

【出處】 賈璉向桌上揀兩盤肴饌與他，放在几上自吃。鳳姐又道：「媽媽很嚼不動那個，沒的倒硌了他的牙。」因向平兒道：「早起我說那一碗火腿燉肘子很爛，正好給媽媽吃，你怎麼不拿了去趕著叫他們熱來？」（卷十六）

【釋義】 清代名菜，亦名「金銀蹄」、「煨火肘」。《北硯食單》云，「煨火肘：火腿膝灣配鮮膝灣，各三副同煨，燒亦可。」此菜肉質酥爛，湯味鹹鮮，適合老年人食用，故鳳姐特囑用來招待趙嬤嬤。

二月十七日

除夕

　　農曆十二月的最後一天，也叫「歲除」，「除日」，有除舊布新之意，是中國傳統節日中最重要的節日之一，也是全家團圓歡聚，吃年夜飯的幸福時刻。家家戶戶貼門神、貼春聯、貼年畫、掛燈籠、放鞭炮、祭祖，並且通宵不眠守歲。且看賈府的除夕：「已到了臘月二十九日了，各色齊備，兩府中都換了門神、聯對、掛牌，新油了桃符，煥然一新。」（因當年為小年，故二十九日即為除夕。）「那晚各處佛堂灶王前焚香上供。王夫人正房院內設著天地紙馬香供，大觀園正門上挑著角燈，兩旁高照，各處皆有路燈。上下人等，打扮的花團錦簇，一夜人聲雜沓，語笑喧闐，爆竹起火，絡繹不絕。」

〔清〕孫溫《紅樓夢》繪本

二月十八日

雨水

《月令七十二候集解》：「正月中。天一生水，春始屬木，然生木者，必水也，故立春後繼之雨水，且東風既解凍，則散而為雨水矣。」雨水三候：一候獺祭魚，二候候雁北，三候草木萌動。此時陽氣漸生，萬物復蘇，但仍感春寒料峭，所以仍要注意保暖。養生方面，側重於調養脾胃和袪風除濕，可多食蜂蜜、胡蘿蔔、鯽魚、大棗、山藥、小米、銀耳等。

農曆正月初一也稱「正旦」、「元旦」、「元日」、「元辰」、「新正」等，百官須進宮朝賀，民間有敬天地、祭祖先、拜尊長的禮儀。卷五十三：

〔清〕胤禛耕織圖冊（局部）

二月十九日　雨水

「至次日五鼓，賈母等人按品大妝，擺全副執事進宮朝賀，兼祝元春千秋。領宴回來，又至寧府祭過列祖，方回來。」書中卷二提到，「第二胎生了一位小姊，生在大年初一，就奇了」，「奇」指的即是元春生辰。

大觀園試才題對額

[卷十七]

大觀園試才題對額　榮國府歸省慶元宵

二月廿日

卷十七

　　說著，進入石洞來，只見佳木蘢蔥，奇花爛灼，一帶清流，從花木深處瀉於石隙之下。再進數步，漸向北邊，平坦寬豁，兩邊飛樓插空，雕甍繡檻，皆隱於山坳樹杪之間。俯而視之，但青溪瀉玉，石磴穿雲，白石為欄，環抱池沼，石橋三港，獸面銜吐。橋上有亭。賈政與諸人到亭內坐了，問：「諸公以何題此？」諸人都道：「當日歐陽公〈醉翁亭記〉有云：『有亭翼然』，就名『翼然』罷。」賈政笑道：「『翼然』雖佳，但此亭壓水而成，還須偏於水題為稱。依我拙裁，歐陽公句：『瀉於兩峰之間』，竟用他這一個『瀉』字。」有一客道：「是極，是極。竟是『瀉玉』二字妙。」賈政拈鬚尋思，因叫寶玉也擬一個來。寶玉回道：「老爺方才所說已是。但如今追究了去，似乎當日歐陽公題釀泉用一『瀉』字則妥，今日此泉也用『瀉』字，似乎不妥。況此處既為省親別墅，亦當依應制之體，用此等字，亦似粗陋不雅。求再擬蘊藉含蓄者。」賈政笑道：「諸公聽此論何如？方才眾人編新，你說『不如述古』；如今我們述古，你又說『粗陋不妥』。你且說你的。」寶玉道：「用『瀉玉』二字，則不若『沁芳』二字，豈不新雅？」賈政拈鬚點頭不語。眾人都忙迎合，稱讚寶玉才情不凡。賈政道：「匾上二字容易。再作一副七言對來。」寶玉四顧一望，機上心來，乃念道：

繞堤柳借三篙翠，隔岸花分一脈香。

賈政聽了，點頭微笑。眾人又稱讚個不已。

皇恩重元妃省父母

[卷十八]

皇恩重元妃省父母　　天倫樂寶玉呈才藻

二月廿二日

卷十八

　　尤氏鳳姐等上來啟道：「筵宴齊備，請貴妃遊幸。」元妃起身，命寶玉導引，遂同諸人步至園門前。早見燈光之中，諸般羅列，進園先從「有鳳來儀」、「紅香綠玉」、「杏簾在望」、「蘅芷清芬」等處，登樓步閣，涉水緣山，眺覽徘徊。一處處鋪陳不一，一樁樁點綴新奇。賈妃極加獎讚，又勸：「以後不可太奢了，此皆過分。」既而來至正殿，諭免禮歸坐，大開筵宴，賈母等在下相陪，尤氏、李紈、鳳姐等捧羹把盞。

　　元妃乃命筆硯伺候，親拂羅箋，擇其喜者賜名。題其園之總名曰「大觀園」，正殿匾額云：「顧恩思義」，對聯云：

> 天地啟宏慈，赤子蒼生同感戴；
> 古今垂曠典，九州萬國被恩榮。

　　又改題：「有鳳來儀」賜名「瀟湘館」，「紅香綠玉」改作「怡紅快綠」賜名「怡紅院」，「蘅芷清芬」賜名「蘅蕪院」，「杏簾在望」賜名「浣葛山莊」；正樓曰「大觀樓」，東面飛樓曰「綴錦樓」，西面敘樓曰「含芳閣」；更有「蓼風軒」、「藕香榭」、「紫菱洲」、「荇葉渚」等名。又有四字匾額如「梨花春雨」、「桐剪秋風」、「荻蘆夜雪」等名，不可勝紀。又命舊有匾聯不可摘去。於是先題一絕句云：

銜山抱水建來精，多少工夫築始成。

天上人間諸景備，芳園應錫「大觀」名。

寫畢，向諸姊妹笑道：「我素乏捷才，且不長於吟詠，姊妹輩素所深知；今夜聊以塞責，不負斯景而已。異日少暇，必補撰〈大觀園記〉並〈省親頌〉等文，以記今日之事。」

屠蘇酒

【出處】 兩府男女、小廝、丫鬟，亦按差役上、中、下行禮畢，然後散了押歲錢並荷包金銀錁等物。擺上合歡宴來，男東女西歸坐，獻屠蘇酒、合歡湯、吉祥果、如意糕畢。賈母起身，進內間更衣，眾人方各散出。（卷五十三）

【釋義】 李時珍《本草綱目》載：「屠蘇酒：用赤木桂心七錢五分，防風一兩，菝葜五錢，蜀椒、桔梗、大黃五錢七分，烏頭二錢五分，赤小豆十四枚，

〔明〕明人十八學士圖

二月廿四日

以三角絳囊盛之，除夜懸井底，元旦取出置酒中，煎
數沸，舉家向東，從少至長，次第飲之。藥滓還投井
中，歲飲此水，一世無病。」古代習俗，認為農曆正
月初一飲此酒可避邪。

情切切良宵花解語
意綿綿靜日玉生香

[卷十九]

情切切良宵花解語　意綿綿靜日玉生香

二月廿五日

卷十九

　　寶玉總未聽見這些話，只聞得一股幽香，卻是從黛玉袖中發出，聞之令人醉魂酥骨。寶玉一把便將黛玉的衣袖拉住，要瞧籠著何物。黛玉笑道：「這等時候誰帶什麼香呢？」寶玉笑道：「既如此，這香是那裡來的？」黛玉道：「連我也不知道，想必是櫃子裡頭的香氣衣服上薰染的，也未可知。」寶玉搖頭道：「未必。這香的氣味奇怪，不是那些香餅子、香球子、香袋子的香。」黛玉冷笑道：「難道我也有什麼『羅漢』『真人』給我些奇香不成？便是得了奇香，也沒有親哥哥親兄弟弄了花兒、朵兒、霜兒、雪兒替我炮製。我有的是那些俗香罷了。」

　　寶玉笑道：「凡我說一句，你就拉上這些。不給你個利害也不知道，從今兒可不饒你了！」說著翻身起來，將兩隻手呵了兩口，便伸向黛玉膈肢窩內兩肋下亂撓。黛玉素性觸癢不禁，寶玉兩手伸來亂撓，便笑的喘不過氣來，口裡說：「寶玉！你再鬧，我就惱了。」寶玉方住了手，笑問道：「你還說這些不說了？」黛玉笑道：「再不敢了。」一面理鬢笑道：「我有奇香，你有『暖香』沒有？」

　　寶玉見問，一時解不來，因問：「什麼『暖香？』」黛玉點頭笑嘆道：「蠢才，蠢才！你有玉，人家就有金來配你；人家有『冷香』，你就沒有『暖香』去配？」寶玉方聽出來，寶玉笑道：「方才求饒，如今更說狠了。」說著又去伸手。黛玉忙笑道：

二月廿六日

「好哥哥，我可不敢了。」寶玉笑道：「饒便饒你，只把袖子我聞一聞。」說著便拉了袖子籠在面上，聞個不住。黛玉奪了手道：「這可該去了。」寶玉笑道：「要去，不能。咱們斯斯文文的躺著說話兒。」說著復又倒下，黛玉也倒下，用手帕蓋上臉。

林黛玉俏語謔嬌音

［卷二十］

王熙鳳正言彈妒意　林黛玉俏語謔嬌音

二月廿七日

卷二十

　　沒兩盞茶時，寶玉仍來了。黛玉見了，越發抽抽噎噎的哭個不住。寶玉見了這樣，知難挽回，打疊起千百樣的款語溫言來勸慰。不料自己未張口，只見黛玉先說道：「你又來作什麼？死活憑我去罷了！橫豎如今有人和你玩，要比我又會念，又會作，又會寫，又會說會笑，又怕你生氣，拉了你去，你又來作什麼？」寶玉聽了，忙上前悄悄的說道：「你這個明白人，難道連『親不隔疏，後不僭先』也不知道？我雖糊塗，卻明白這兩句話。頭一件，咱們是姑舅姊妹，寶姊姊是兩姨姊妹，論親戚也比你疏。第二件，你先來，咱們兩個一桌吃，一床睡，自小兒一處長大的，他是才來的，豈有個為他疏你的？」黛玉啐道：「我難道叫你疏他？我成了什麼人了呢？我為的是我的心！」寶玉道：「我也為的是我的心。難道你就知道你的心，不知道我的心不成？」黛玉聽了，低頭不語，半日說道：「你只怨人行動嗔怪你了，你再不知道你惱人難受。就拿今日天氣比，分明今日冷些，怎麼你倒脫了青肷披風呢？」寶玉笑道：「何嘗不穿著？見你一惱，我一暴躁，就脫了。」黛玉嘆道：「回來傷了風，又該餓著吵吃的了。」

二月廿八日

參月

俏平兒軟語救賈璉

[卷二十一]

賢襲人嬌嗔箴寶玉　俏平兒軟語救賈璉

三月一日

卷二十一

　　次日早起，鳳姊往上房裡去後，平兒收拾外邊拿進來的衣服鋪蓋，不承望枕套中抖出一絡青絲來，平兒會意，忙藏在袖內，便走至這邊房內，拿出頭髮來，向賈璉笑道：「這是什麼？」賈璉一見，連忙搶上來要奪，平兒便跑，被賈璉一把揪住，按在炕上，從手中來奪。平兒笑道：「你是沒良心的，我好意瞞著他來問你，你倒賭狠！等他回來我告訴了，看你怎麼樣。」賈璉聽說，忙陪笑央求道：「好人，你賞我罷，我再不敢賭狠了。」

　　一語未了，只聽鳳姊聲音進來，賈璉聽見鬆了不是，搶又不是，只叫：「好人，別叫他知道！」平兒才起身，鳳姊已走進來，命平兒：「快開匣子，替太太找樣子。」平兒忙答應了，找時，鳳姊見了賈璉，忽然想起來，便問平兒：「前日拿出去的東西都收進來沒有？」平兒道：「收進來了。」鳳姊道：「可少什麼不少？」平兒道：「細細查了，並沒少一件兒。」鳳姊又道：「可多什麼沒有？」平兒笑道：「不少就罷了，怎麼還有得多出來？」鳳姊又笑道：「這半個月，難保乾淨，或者有相厚的丟下的東西戒指、汗巾等物，亦未可定。」一席話，說的賈璉臉都黃了，在鳳姊身背後，只望著平兒殺雞抹脖使眼色，求他遮蓋。平兒只作看不見，因笑道：「怎麼我的心就和奶奶一樣！我就怕有這樣的，留神搜了一搜，竟一點破綻也沒有。奶奶不信，親自搜一搜。」鳳姊笑

道:「傻丫頭,他便有這些東西,那裡就叫咱們搜著。」說著,拿了樣子出去了。

製燈謎賈政悲讖語

[卷二十二]

聽曲文寶玉悟禪機　制燈謎賈政悲讖語

三月三日

卷二十二

　　三人果往寶玉屋裡來。黛玉先笑道：「寶玉，我問你：至貴者『寶』，至堅者『玉』。爾有何貴？爾有何堅？」寶玉竟不能答。二人笑道：「這樣愚鈍，還參禪呢！」湘雲也拍手笑道：「寶哥哥可輸了！」黛玉又道：「你那偈末云，『無可云證，是立足境』，固然好了，只是據我看來，還未盡善。我還續兩句在後。」因念云：「無立足境，是方乾淨。」寶釵道：「實在這方悟徹。當日南宗六祖惠能，初尋師至韶州，聞五祖宏忍在黃梅，他便充役火頭僧。五祖欲求法嗣，令徒弟諸僧各出一偈，上座神秀說道：『身是菩提樹，心如明鏡台；時時勤拂拭，莫使有塵埃。』彼時惠能在廚房春米，聽了這偈說道：『美則美矣，了則未了。』因自念一偈曰：『菩提本非樹，明鏡亦非台；本來無一物，何處染塵埃？』五祖便將衣缽傳他。今兒這偈語亦同此意了。只是方才這句機鋒，尚未完了結，這便丟開手不成？」黛玉笑道：「他不能答就算輸了，這會子答上了也不為出奇了。只是以後再不許談禪了。連我們兩個所知所能的，你還不知不能呢，還去參禪呢。」寶玉自己以為覺悟，不想忽被黛玉一問，便不能答；寶釵又比出「語錄」來，此皆素不見他們能者。自己想了一想：「原來他們比我的知覺在先，尚未解悟，我如今何必自尋苦惱。」想畢，便笑道：「誰又參禪，不過是一時的玩話兒罷了。」說罷，四人仍復如舊。

三月四日

元宵節

　　始於秦朝，亦稱「上元」、「元夜」、「燈節」等，張燈習俗由唐朝始，各朝持續數日不等，明代更是達到十日。屆時，民間有看社火花燈、放煙花炮仗、猜燈謎、吃元宵、看社火、走百病等活動，熱鬧非常。書中對元宵節有多處提及，有的一筆帶過，有的重彩渲染。如卷一，「真是閑處光陰易過，倏忽又是元宵佳節。士隱令家人霍啟抱了英蓮去看社火花燈……」卷十八元妃省親，為全書的重頭戲，亦選定正月十五日上元之日，「至十五日五鼓，自賈母等

〔清〕陳枚　月曼清遊圖（局部）

三月五日

有爵者，俱各按品大妝。大觀園內帳舞蟠龍，簾飛彩
鳳，金銀煥彩，珠寶生輝，鼎焚百合之香，瓶插長春
之蕊……」卷五十三：「至十五這一晚上，賈母便在
大花廳上命擺幾席酒，定一班小戲，滿掛各色花燈，
帶領榮寧二府各子侄孫男孫媳等家宴。」

驚蟄

　　《月令七十二候集解》：「二月節。正月啟
蟄，言發蟄也。萬物出乎震，震為雷，故曰驚蟄。」
驚蟄三候：一候桃始華，二候倉庚（黃鸝）鳴，三候
鷹化為鳩。此時天氣轉暖，陽氣迅速生發，易爆發流
行病，日常應重養肝，助益脾氣，令五臟和平。飲食
上需補充偏陽性食物，如韭菜、青椒、蔥頭、蒜苗
等，多吃富含植物蛋白質、維生素的清淡食物，如菠
菜、蘆薈、水蘿蔔、苦瓜、芹菜、油菜、山藥、銀耳
等，少食動物脂肪類食物。因氣候較乾燥，易感口乾
舌燥、咳嗽，可食生梨、飲冰糖梨水以潤肺清熱。

〔清〕胤禛耕織圖冊（局部）

三月六日　驚蟄

西廂記妙
詞通戲語

[卷二十三]

西廂記妙詞通戲語　牡丹亭艷曲警芳心

三月七日

卷二十三

　　那日正當三月中浣，早飯後，寶玉攜了一套《會真記》，走到沁芳閘橋那邊桃花底下一塊石上坐著，展開《會真記》，從頭細看。正看到「落紅成陣」，只見一陣風過，樹上桃花吹下一大斗來，落得滿身滿書滿地皆是花片。寶玉要抖將下來，恐怕腳步踐踏了，只得兜了那花瓣，來至池邊，抖在池內。那花瓣浮在水面，飄飄蕩蕩，竟流出沁芳閘去了。

　　回來只見地下還有許多花瓣，寶玉正踟躕間，只聽背後有人說道：「你在這裡做什麼？」寶玉一回頭，卻是林黛玉來了：肩上擔著花鋤，花鋤上掛著紗囊，手內拿著花帚。寶玉笑道：「好，好，來把這個花掃起來，撂在那水裡去罷。我才撂了好些在那裡呢。」黛玉道：「撂在水裡不好，你看這裡的水乾淨，只一流出去，有人家的地方什麼沒有？仍舊把花遭塌了。那畸角上我有一個花塚，如今把他掃了，裝在這絹袋裡，埋在那裡，日久隨土化了，豈不乾淨。」

　　寶玉聽了，喜不自禁，笑道：「待我放下書，幫你來收拾。」黛玉道：「什麼書？」寶玉見問，慌的藏之不迭，便說道：「不過是《中庸》《大學》。」黛玉道：「你又在我跟前弄鬼。趁早兒給我瞧瞧，好多著呢。」寶玉道：「妹妹，要論你，我是不怕的。你看了，好歹別告訴別人。真正這是好文章！你若看了，連飯也不想吃呢。」一面說，一面遞了過去。黛

玉把花具放下，接書來瞧，從頭看去，越看越愛，不
頓飯時，將十六齣俱已看完。但覺詞句警人，餘香滿
口。雖看完了，卻只管出神，心內還默默記誦。

茶筅

【出處】 一時進入榭中,只見欄杆外另放著兩張竹案,一個上面設著杯箸酒具,一個上頭設著茶筅茶具各色盞碟。(卷三十八)

【釋義】 烹茶時用以調茶之具,竹製,一端劈成細絲狀。宋代時流行點茶,將茶粉放入碗中,注入沸水後用茶筅快速攪拌擊打茶湯,以茶湯顏色鮮白、泡沫持久者勝,是為鬥茶。宋徽宗《大觀茶論》:「茶筅,以箸竹老者為之,身欲厚重,筅欲疏勁,本欲壯而末必眇,當如劍脊,則擊拂雖過,而浮沫不生。」點茶法後傳入日本,茶筅至今仍為日本茶道中必不可缺的用具。

三月九日

醉金剛輕財尚義俠

[卷二十四]

醉金剛輕財尚義俠　癡女兒遺帕惹相思

三月十日

卷二十四

那賈芸一徑回來。至次日，來至大門前，可巧遇見鳳姐往那邊去請安，才上了車，見賈芸來，便命人喚住，隔窗子笑道：「芸兒，你竟有膽子在我跟前弄鬼！怪道你送東西給我，原來你有事求我。昨日你叔叔才告訴我，說你求他。」賈芸笑道：「求叔叔的事，嬸娘別提，我這裡正後悔呢。早知這樣，我一起頭就求嬸娘，這會子早完了，誰承望叔叔竟不能的。」鳳姐笑道：「怪道你那裡沒成兒，昨日又來尋我。」賈芸道：「嬸娘辜負了我的孝心，我並沒有這個意思；若有這意，昨兒還不求嬸娘？如今嬸娘既知道了，我倒要把叔叔丟下，少不得求嬸娘，好歹疼我一點兒。」鳳姐冷笑道：「你們要揀遠路兒走，叫我也難。早告訴我一聲兒，什麼不成了，多大點兒事，耽誤到這會子。那園子裡還要種樹種花，我只想不出個人來，早來不早完了。」賈芸笑道：「這樣明日嬸娘就派我罷。」鳳姐半晌道：「這個我看著不大好，等明年正月裡的煙火燈燭那個大宗兒下來，再派你罷。」賈芸道：「好嬸娘，先把這個派了我罷，果然這件辦的好，再派我那件。」鳳姐笑道：「你倒會拉長線兒！罷了，若不是你叔叔說，我不管你的事。我不過吃了飯就過來，你到午錯時候來領銀子，後日就進去種花。」說著，命人駕起香車，徑去了。

三月十一日

通靈玉蒙蔽遇雙真

[卷二十五]

魘魔法叔嫂逢五鬼　通靈玉蒙蔽遇雙真

三月十二日

卷二十五

　　忽聽見空中隱隱有木魚聲，念了一句「南無解冤解結菩薩！有那人口不利、家宅不安、中邪祟、逢凶險的，我們善能醫治。」賈母王夫人便命人向街上找尋去。原來是一個癩和尚同一個跛足道士。

　　……

　　賈政因命人請了進來，問他二人：「在何山修道？」那僧笑道：「長官不消多話，因知府上人口欠安，特來醫治的。」賈政道：「有兩個人中了邪，不知有何方可治？」那道人笑道：「你家現有希世之寶，可治此病，何須問方！」賈政心中便動了，因道：「小兒生時雖帶了一塊玉來，上面刻著『能除凶邪』，然亦未見靈效。」那僧道：「長官有所不知，那『寶玉』原是靈的，只因為聲色貨利所迷，故此不靈了。你今將此寶取出來，待我持誦持誦，就依舊靈了。」

　　賈政便向寶玉項上取下那塊玉來，遞與他二人。那和尚擎在掌上，長嘆一聲，道：「青埂峰下，別來十三載矣！人世光陰迅速，塵緣未斷，奈何奈何！可羨你當日那段好處：

　　天不拘兮地不羈，心頭無喜亦無悲；只因鍛煉通靈後，便向人間惹是非。

　　可嘆今日這番經歷呀：

粉漬脂痕汙寶光，房櫳日夜困鴛鴦；沉酣一夢終須醒，冤債償清好散場。」

念畢，又摩弄了一回，說了些瘋話，遞與賈政道：「此物已靈，不可褻瀆，懸於臥室楣上，除自己親人外，不可令陰人沖犯。三十三日之後，包管好了。」賈政忙命人讓茶，那二人已經走了，只得依言而行。

糟鴨信

【出處】　寶玉因誇前日在那邊府裡珍大嫂子的好鵝掌鴨信，薛姨媽連忙把自己糟的取了來與他嘗。（卷八）

【釋義】　糟為中國菜的一種傳統烹飪手法，指的是用酒糟中提取的陳香濃郁的糟汁醃製食物，做菜時，蒸、溜、炒、滷皆宜，此法江南使用較多。清陳作霖《金陵物產風土志》：「糟則甕貯之，漬魚肉於中，夏日食之，謂之糟魚糟肉，與醉蟹之不能經久者異矣。」糟製食物，在卷五十回中也有出現，「賈母便飲了一口，問：『那個盤子是什麼東西？』眾人忙捧了過來，回說：『是糟鵪鶉。』」

三月十四日

蜂腰橋設言傳心事

[卷二十六]

蜂腰橋設言傳心事　瀟湘館春困發幽情

三月十五日

卷二十六

　　寶玉信步走入，只見湘簾垂地，悄無人聲。走至窗前，覺得一縷幽香，從碧紗窗中暗暗透出。寶玉便將臉貼在紗窗上往裡看時，耳內忽聽得細細的長嘆了一聲，道：「『每日家，情思睡昏昏。』」寶玉聽了，不覺心內癢將起來。再看時，只見黛玉在床上伸懶腰。寶玉在窗外笑道：「為什麼『每日家情思睡昏昏』的？」一面說，一面掀簾子進來了。

　　黛玉自覺忘情，不覺紅了臉，拿袖子遮了臉，翻身向裡裝睡著了。寶玉才走上來，要扳他的身子，只見黛玉的奶娘並兩個婆子卻跟了進來，說：「妹妹睡覺呢，等醒來再請罷。」剛說著，黛玉便翻身坐了起來，笑道：「誰睡覺呢？」那兩三個婆子見黛玉起來，便笑道：「我們只當姑娘睡著了。」說著，便叫紫鵑，說：「姑娘醒了，進來伺候。」一面說，一面都去了。黛玉坐在床上，一面抬手整理鬢髮，一面笑向寶玉道：「人家睡覺，你進來做什麼？」寶玉見他星眼微餳，香腮帶赤，不覺神魂早蕩，一歪身坐在椅子上，笑道：「你才說什麼？」黛玉道：「我沒說什麼。」寶玉笑道：「給你個榧子吃呢！我都聽見了。」

三月十六日

玻璃炕屏

【出處】 賈蓉笑道:「我父親打發我來求嬸子,說上回老舅太太給嬸子的那架玻璃炕屏,明日請一個要緊的客,借去略擺一擺就送過來的。」鳳姊道:「遲了一日,昨兒已給了人了。」(卷六)

【釋義】 炕屏是擺在炕上作為裝飾的一種小型座屏,屏芯鑲嵌繪有山水人物、龍鳳花鳥、亭臺樓閣等題材的玻璃,即為玻璃炕屏。中國早在西周時期就已有玻璃製造工藝,但發展一直較為緩慢。清初,西方傳入的精美玻璃製品,貴為貢品,是皇族貴冑之家的時尚陳設。寧國府都沒有玻璃炕屏,要向榮國府借來充場面,足見其珍稀。

〔清〕黑漆泥金貼雞翅木玻璃炕屏

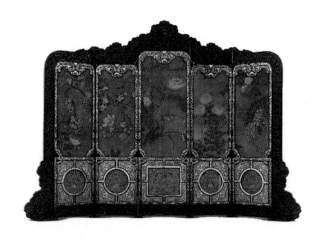

三月十七日

埋香冢殘紅 (印)

[卷二十七]

滴翠亭楊妃戲彩蝶　埋香塚飛燕泣殘紅

三月十八日

卷二十七

　　將已到了花塚，猶未轉過山坡，只聽山坡那邊有嗚咽之聲，一面數落著，哭的好不傷心。寶玉心下想道：「這不知是那房裡的丫頭，受了委屈，跑到這個地方來哭。」一面想，一面煞住腳步，聽他哭道是：

花謝花飛飛滿天，紅消香斷有誰憐？
遊絲軟繫飄春榭，落絮輕沾撲繡簾。
閨中女兒惜春暮，愁緒滿懷無釋處；
手把花鋤出繡簾，忍踏落花來復去。
柳絲榆莢自芳菲，不管桃飄與李飛；
桃李明年能再發，明年閨中知有誰？
三月香巢已壘成，梁間燕子太無情！
明年花發雖可啄，卻不道人去梁空巢已傾。
一年三百六十日，風刀霜劍嚴相逼；
明媚鮮妍能幾時，一朝飄泊難尋覓。
花開易見落難尋，階前悶殺葬花人；
獨把花鋤淚暗灑，灑上空枝見血痕。
杜鵑無語正黃昏，荷鋤歸去掩重門；
青燈照壁人初睡，冷雨敲窗被未溫。
怪儂底事倍傷神？半為憐春半惱春：
憐春忽至惱忽去，至又無言去不聞。
昨宵庭外悲歌發，知是花魂與鳥魂？
花魂鳥魂總難留，鳥自無言花自羞；
願奴脅下生雙翼，隨花飛到天盡頭。

天盡頭，何處有香丘？
未若錦囊收豔骨，一抔淨土掩風流。
質本潔來還潔去，強於汙淖陷渠溝。
爾今死去儂收葬，未卜儂身何日喪？
儂今葬花人笑癡，他年葬儂知是誰？
試看春殘花漸落，便是紅顏老死時。
一朝春盡紅顏老，花落人亡兩不知！

豆腐皮包子

【出處】 寶玉笑道:「好,太睡早了些。」又問晴雯道:「今兒我那邊吃早飯,有一碟兒豆腐皮的包子,我想著你愛吃,和珍大嫂子說了,只說我留著晚上吃,叫人送過來的。你可曾見麼?」(卷八)

【釋義】 指用豆腐衣裹餡做的包子,據《隨園食單》:「蕪湖敬修和尚將豆腐皮捲筒切斷,油中微炙,入蘑菇煨爛極佳,不可加雞湯。」清宮御膳檔案中亦有記載。

三月廿日

春分

《月令七十二候集解》：「二月中。分者，半也。此當九十日之半，故謂之分。」春分三候：一候元鳥至，二候雷乃發聲，三候始電。此時陰陽平衡，晝夜均等，寒溫各半，易發過敏性疾病及非感染性疾病，養生方面應注重調和陰陽氣血，飲食忌大寒大熱，保持寒熱均衡。各地在春分這日，有豎蛋、吃春菜、送春牛、春祭等民俗。

〔清〕胤禛耕織圖冊（局部）

三月廿一日　春分

【 卷二十八 】

蔣玉菡情贈茜香羅　薛寶釵羞籠紅麝串

三月廿二日

卷二十八

　　少刻，寶玉出席解手，蔣玉菡隨了出來，二人站在廊簷下，蔣玉菡又賠不是。寶玉見他嫵媚溫柔，心中十分留戀，便緊緊的搭著他的手，叫他：「閑了往我們那裡去。還有一句話問你，也是你們貴班中，有一個叫琪官兒的，他如今名馳天下，可惜我獨無緣一見。」蔣玉菡笑道：「就是我的小名兒。」寶玉聽說，不覺欣然跌足笑道：「有幸，有幸！果然名不虛傳。今兒初會，便怎麼樣呢？」想了一想，向袖中取出扇子，將一個玉玦扇墜解下來，遞與琪官，道：「微物不堪，略表今日之誼。」琪官接了，笑道：「無功受祿，何以克當？也罷，我這裡也得了一件奇物，今日早起方繫上，還是簇新，聊可表我一點親熱之意。」說畢，撩衣將繫小衣兒一條大紅汗巾子解了下來，遞與寶玉，道：「這汗巾子是茜香國女國王所貢之物，夏天繫著肌膚生香，不生汗漬。昨日北靜王給的，今日才上身。若是別人，我斷不肯相贈。二爺請把自己繫的解下來給我繫著。」寶玉聽說，喜不自禁，連忙接了，將自己一條松花汗巾解下來，遞與琪官。二人方束好，只聽一聲大叫：「我可拿住了！」只見薛蟠跳了出來，拉著二人道：「放著酒不吃，兩個人逃席出來，幹什麼？快拿出來我瞧瞧。」二人都道：「沒有什麼。」薛蟠那裡肯依？還是馮紫英出來，才解開了。復又歸坐飲酒，至晚方散。

三月廿三日

紅麝香珠

【出處】 說著命小丫頭來，將昨日的所賜之物取了出來，只見上等宮扇兩柄，紅麝香珠二串，鳳尾羅二端，芙蓉簟一領。（卷二十八）

【釋義】 也作「紅麝串」，是以麝香配以其他材料製成的紅色珠串。麝香為雄麝麝香腺中的分泌物，乾燥之後呈紅棕至暗棕色顆粒，具獨特香氣，是一種名貴香料。夏日佩帶麝香珠可以辟穢。宋范成大《桂海虞衡志·志香》：「（香珠）出交趾，以香泥捏成小巴豆狀，琉璃珠間之，彩絲串之，作道人數珠。入省地賣，南中婦人好帶之。」

三月廿四日

多情女
情重
愈斟情

[卷二十九]

享福人福深還禱福　　多情女情重愈斟情

三月廿五日

卷二十九

原來那寶玉自幼生成有一種下流癡病，況從幼時和黛玉耳鬢廝磨，心情相對，及如今稍明時事，又看了那些邪書僻傳，凡遠親近友之家所見的那些閨英闈秀，皆未有稍及林黛玉者，所以早存一段心事，只不好說出來。故每每或喜或怒，變盡法子暗中試探。那林黛玉偏生也是個有些癡病的，也每用假情試探。因你也將真心真意瞞了起來，只用假意，我也將真心真意瞞了起來，只用假意，如此「兩假相逢，終有一真」，其間瑣瑣碎碎，難保不有口角之事。即如此刻，寶玉的心內想的是：「別人不知我的心，還可恕；難道你就不想我的心裡眼裡只有你？你不能為我解煩惱，反來以這話奚落堵噎我，可見我心裡一時一刻自有你，你心裡竟沒我了。」寶玉是這個意思，只口裡說不出來。那林黛玉心裡想著：「你心裡自然有我，雖有『金玉相對』之說，你豈是重這邪說不重我的？我便時常提著『金玉』，你只管了然無聞的，方見得是待我重，無毫髮私心了。如何我只一提『金玉』的事，你就著急？可知你心裡時時有『金玉』的，見我一提，你又怕我多心，故意著急，安心哄我。」

看來兩個人原本是一個心，卻多生了枝葉，反弄成兩個心了。那寶玉心中又想著：「我不管怎麼樣都好，只要你隨意，我便立刻因你死了也情願；你知也罷，不知也罷，只由我的心，那才是你和我近，不

三月廿六日

和我遠。」林黛玉心裡又想著:「你只管你,你好,
我自好。你何必為我把自己失了?殊不知,你失我也
失。可見,你不叫我近你,你竟叫我遠你了。」如此
看來,卻都是求近之心,反弄成疏遠之意。此皆他二
人素昔所存私心,難以備述。如今只述他們外面的形
容。

菱花鏡

【出處】 於是拿琵琶聽寶玉唱道:「滴不盡相思血淚拋紅豆,開不完春柳春花滿畫樓。睡不穩紗窗風雨黃昏後,忘不了新愁與舊愁,咽不下玉粒金波噎滿喉,照不盡菱花鏡裡形容瘦。展不開的眉頭,捱不明的更漏。呀!恰便似遮不住的青山隱隱,流不斷的綠水悠悠。」(卷二十八)

【釋義】 鏡形略呈六角或鏡背面鑄有菱花的青銅鏡;另一說,銅鏡映日的光影如菱花,故得名,亦簡稱「菱鏡」。後世常以菱花作為鏡子的代稱。李白〈代美人愁鏡〉詩云:「狂風吹卻妾心斷,玉箸並墜菱花前。」

〔唐〕雙鸞瑞獸紋菱花鏡

三月廿七日

寶釵借扇機帶雙敲

[卷三十]

寶釵借扇機帶雙敲　椿齡畫薔癡及局外

三月廿八日

卷三十

寶玉又笑道：「姊姊知道體諒我就好了。」又道：「姊姊怎麼不看戲去？」寶釵道：「我怕熱。看了兩齣，熱得很，要走，客又不散；我少不得推身上不好，就來了。」寶玉聽說，由不得臉上沒意思，只得又搭訕笑道：「怪不得他們拿姊姊比楊貴妃，原也體胖怯熱。」寶釵聽說，不由的大怒，待要怎樣，又不好怎樣；回思了一回，臉紅起來，便冷笑了兩聲，說道：「我倒像楊貴妃，只是沒一個好哥哥好兄弟，可以做得楊國忠的！」

二人正說著，可巧小丫頭靚兒因不見了扇子，和寶釵笑道：「必是寶姑娘藏了我的。好姑娘，賞我罷。」寶釵指他道：「你要仔細！我和誰玩過，你來疑我？和你素日嘻皮笑臉的那些姑娘們，你該問他們去。」說的靚兒跑了。寶玉自知又把話說造次了，當著許多人，更比才在林黛玉跟前更不好意思，便急回身，又同別人搭訕去了。

黛玉聽見寶玉奚落寶釵，心中著實得意，才要搭言，也趁勢取個笑，不想靚兒因找扇子，寶釵又發了兩句話，他便改口說道：「寶姊姊，你聽了兩齣什麼戲？」寶釵因見黛玉面上有得意之態，一定是聽了寶玉方才奚落之言，遂了他的心願，忽又見問他這話，便笑道：「我看的是李逵罵了宋江，後來又賠不是。」寶玉便笑道：「姊姊通今博古，色色都知道，怎麼連這一齣戲的名兒也不知道，就說了這麼一串。

這叫做『負荊請罪』。」寶釵笑道：「原來這叫『負荊請罪』！你們通今博古，才知道『負荊請罪』，我不知什麼叫『負荊請罪』。」

一句話未說了，寶玉黛玉二人心裡有病，聽了這話，早把臉羞紅了。

荷包

【出處】 林黛玉聽說,走過來一瞧,果然一件無存,因向寶玉道:「我給你的那個荷包也給他們了?你明兒再想我的東西,可不能夠了!」(卷十七)

【釋義】 各色形狀的抽口小扁袋,多以緙絲、刺繡、戳紗、納紗等手藝製成。紋樣多為花卉、蟲鳥、山水、人物,以及福、祿、壽、喜等吉祥圖案,用來裝隨身小物。清代宮廷有賞賜及贈送荷包的禮俗,佩戴荷包是當時的風尚。據《燕京歲時記》載:「每至元旦,凡內廷行走之王公大臣以及御前侍衛等,均賞八寶荷包,懸於胸前。」

三月卅日

風箏

【出處】 一語未了,只聽窗外竹子上一聲響,恰似窗屜子倒了一般,眾人嚇了一跳。丫鬟們出去瞧時,簾外丫頭子們回道:「一個大蝴蝶風箏,掛在竹梢上了。」眾丫鬟笑道:「好一個齊整風箏!不知是誰家放的,斷了線。咱們拿下他來。」(卷七十)

【釋義】 舊時人們認為放風箏時將線剪斷,任其隨風飛去,可以將晦氣帶走,稱「放晦氣」。風箏圖案也多為寓意福壽、喜慶、吉祥的圖案,如百鳥朝鳳、連年有餘、五福獻壽、龍鳳呈祥等。曹雪芹除了《紅樓夢》,還著有工藝美術巨制《廢藝齋集稿》一書,旨在「為今之有廢疾而無告者,謀其有以自養之道」,其中詳述了紮糊風箏、園林建築、金石篆刻、織補印染、雕刻竹器、編織、脫胎、烹調等八項工藝,其中《南鷂北鳶考工志》以圖譜與歌訣形式詳述風箏紮、糊、繪、放「四藝」。經今人的研究傳承,形成「曹氏風箏」這一流派。

三月卅一日

肆月

撕扇子作千金一笑

[卷三十一]

撕扇子作千金一笑　因麒麟伏白首雙星

四月一日

卷三十一

晴雯笑道：「我慌張的連扇子還跌折了，那裡還配打發吃果子。倘或再打破盤子，還更了不得呢。」寶玉笑道：「你愛打就打。這些東西，原不過是借人所用，你愛這樣，我愛那樣，各自性情不同；比如那扇子，原是搧的，你要撕著玩，也可以使得，只是不可生氣時拿他出氣；就如杯盤，原是盛東西的，你喜歡聽那一聲響，就故意砸了，也可以使得，只別在生氣時拿他出氣。這就是愛物了。」晴雯聽了，笑道：「既這麼說，你就拿了扇子來我撕。我最喜歡撕的。」寶玉聽了，便笑著遞與他。晴雯果然接過來，「嗤」的一聲，撕了兩半。接著又聽「嗤」「嗤」幾聲。寶玉在旁笑著說：「撕得好！再撕響些。」

正說著，只見麝月走過來，笑道：「少作些孽罷！」寶玉趕上來，一把將他手裡的扇子也奪了遞與晴雯。晴雯接了，也撕作幾半子，二人都大笑。麝月道：「這是怎麼說？拿我的東西開心兒。」寶玉笑道：「打開扇子匣子你揀了去，什麼好東西！」麝月道：「既這麼說，就把扇子搬出來，讓他盡力撕豈不好？」寶玉笑道：「你就搬去。」麝月道：「我可不造這樣孽！他沒撕折了手，叫他自己搬去。」晴雯笑著，便倚在床上，說道：「我也乏了，明日再撕罷。」寶玉笑道：「古人云，『千金難買一笑』，幾把扇子，能值幾何？」一面說著，一面叫襲人。襲人才換了衣服走出來，小丫頭佳蕙過來拾去破扇，大家乘涼，不消細說。

四月二日

花朝節

　　也稱「花神節」、「挑菜節」，是中國古代十分重要的節日。一般為農曆二月十二或二月十五，亦有定於二月初二這日的。春秋時期《陶朱公書》中記載：「二月十二日為百花生日，無雨百花熟。」清蔡雲〈詠花朝〉詩云：「百花生日是良辰，未到花朝一半春。萬紫千紅披錦繡，尚勞點綴賀花神。」點明這日為百花生日，花神生日。正值春意勃發，花草萌動之際，人們結伴郊遊賞花，謂之「踏青」，女子剪五

〔清〕陳枚　月曼清遊圖（局部）

四月三日

色彩紙黏在花枝上，稱「賞紅」。各地還有撲蝶會、
鬥花會、放花神燈等風俗。宋代以前，花朝節的習俗
僅在士大夫、文人之間流行，自北宋開始，增加了植
樹、種花、挑菜、祭神等活動，也漸漸普及到民間。

寒食節

　　寒食節本為紀念春秋時期晉國的介子推，是中國最古老的節日之一。唐朝盧象〈寒食〉詩云：「子推言避世，山火遂焚身。四海同寒食，千秋為一人。」又稱「禁煙節」、「冷節」、「百五節」，因當日禁煙火，只能吃冷食，故得名。一般為清明節前一日，後世與清明合併為一日。在民間，有祭掃、踏青、插柳、盪秋千、蹴鞠、鬥雞等風俗。古人留下了

〔清〕陳枚　月曼清遊圖（局部）

四月四日

很多有關寒食的詩篇,如唐朝韓翃〈寒食〉:「春城
無處不飛花,寒食東風御柳斜。日暮漢宮傳蠟燭,輕
煙散入五侯家。」

清明

　　《月令七十二候集解》：「三月節。萬物齊乎巽，物至此時皆以潔齊而清明矣。」清明三候：一候桐始華，二候田鼠化為鴽，三候虹始見。清明後雨水增多，氣候潮濕，慢性疾病易復發，此時陽氣生發旺盛，飲食宜清淡，忌油膩寒涼，以健脾祛濕、護肝清心為原則，不妨多食韭菜、山藥、薺菜等時令蔬菜。除了祭祖掃墓等傳統，應常去戶外踏青、運動，有益身心健康。

〔清〕胤禛耕織圖冊（局部）

四月五日　清明

含恥辱情烈死金釧

訴肺腑心迷活寶玉　含恥辱情烈死金釧

四月六日

卷三十二

這裡寶玉忙忙的穿了衣裳出來，忽見黛玉在前面慢慢的走著，似乎有拭淚之狀，便忙趕著上來笑道：「妹妹往那裡去？怎麼又哭了？又是誰得罪了你？」林黛玉回頭見是寶玉，便勉強笑道：「好好的，我何曾哭了。」寶玉笑道：「你瞧瞧，眼睛上的淚珠兒未乾，還撒謊呢。」一面說，一面禁不住抬起手來，替他拭淚。林黛玉忙向後退了幾步，說道：「你又要死了！做什麼，這麼動手動腳的。」寶玉笑道：「說話忘了情，不覺的動了手，也就顧不得死活。」林黛玉道：「死了倒不值什麼，只是丟下了什麼『金』，又是什麼『麒麟』，可怎麼好呢！」一句話，又把寶玉說急了，趕上來問道：「你還說這話，到底是咒我還是氣我呢？」林黛玉見問，方想起前日的事來，遂自悔自己又說造次了，忙笑道：「你別著急，我原說錯了。這有什麼，筋都疊暴起來，急得一臉汗！」一面說，一面禁不住近前伸手替他拭面上的汗。

寶玉瞅了半天，方說道：「你放心。」黛玉聽了，怔了半天，說道：「我有什麼不放心？我不明白你這話。你倒說說，怎麼放心不放心？」寶玉嘆了一口氣，問道：「你果然不明白這話？難道我素日在你身上的心都用錯了？連你的意思若體貼不著，就難怪你天天為我生氣了！」林黛玉道：「果然我不明白放心不放心的話。」寶玉點頭嘆道：「好妹妹，你別哄我；果然不明白這話，不但我素日之意白用了，且連

四月七日

你素日待我之意也都辜負了。你皆因多是不放心的原故，才弄了一身的病。但凡寬慰些，這病也不得一日重似一日。」林黛玉聽了這話，如轟雷掣電，細細思之，竟比自己肺腑中掏出來的還覺懇切，竟有萬句言語，滿心要說，只是半個字也不能吐，卻怔怔的望著他。此時寶玉心中有萬句言詞，不知一時從那一句說起，卻也怔怔的望著黛玉。

爐瓶

【出處】 這裡賈母花廳之上擺了十來席，再席傍邊設一几，几上設爐瓶三事，焚著御賜百合宮香。（卷五十三）

【釋義】 焚香用具，包括香爐、香盒和放香鏟、香箸的瓶子。焚香時，香爐放中間，兩邊各置箸瓶、香盒。明文震亨的《長物志》載：「香爐：三代秦漢鼎彝及官、哥、定窯，龍泉、宣窯皆以備賞鑑，非日用所宜。」

四月八日

不肖種種大
受笞撻

[卷三十三]

手足眈眈小動脣舌　不肖種種大承笞撻

四月九日

卷三十三

　　王夫人抱著寶玉，只見他面白氣弱，底下穿著一條綠紗小衣，一片皆是血跡。禁不住解下汗巾去，由腿看至臀脛，或青或紫，或整或破，竟無一點好處，不覺失聲大哭起「苦命的兒」來。因哭出「苦命兒」來，又想起賈珠來，便叫著賈珠，哭道：「若有你活著，便死一百個，我也不管了。」此時裡面的人聞得王夫人出來，那李宮裁、王熙鳳與迎春姊妹早已出來了。王夫人哭著賈珠的名字，別人還可，惟有李宮裁禁不住也放聲哭了。賈政聽了，那淚更似走珠一般滾了下來。

　　正沒開交處，忽聽丫鬟來說：「老太太來了。」一句話未了，只聽窗外顫巍巍的聲氣說道：「先打死我，再打死他，豈不乾淨了！」賈政見他母親來了，又急又痛，連忙迎出來。只見賈母扶著丫頭，搖頭喘氣的走來。賈政上前躬身陪笑說道：「大暑熱天，母親有何生氣的自己走來，有話只叫兒子進去吩咐便了。」賈母聽了，便止喘息，一面厲聲道：「你原來和我說話！我倒有話吩咐，只是我一生沒養個好兒子，卻叫我和誰說去！」

　　賈政聽這話不像，忙跪下含淚說道：「為兒的教訓兒子，也為的是光宗耀祖。母親這話，我做兒子的如何當得起？」賈母聽說，便啐了一口，說道：「我說了一句話，你就禁不起！你那樣下死手的板子，難道寶玉就禁得起了？你說教訓兒子是光宗耀祖，當日你父親怎麼教訓你來！」說著，也不覺滾下淚來。

四月十日

[卷三十四]

情中情因情感妹妹　錯裡錯以錯勸哥哥

四月十一日

卷三十四

　　寶玉便命晴雯來，吩咐道：「你到林姑娘那裡，看看他做什麼呢。他要問我，只說我好了。」晴雯道：「白眉赤眼兒的，作什麼去呢？到底說句話兒，也像一件事。」寶玉道：「沒有什麼可說的。」晴雯道：「若不然或是送件東西，或是取件東西；不然，我去了，怎麼樣搭訕呢？」寶玉想了一想，便伸手拿了兩條手帕子，撂與晴雯，笑道：「也罷，就說我叫你送這個給他去了。」晴雯道：「這又奇了，他要這半新不舊的兩條帕子？他又要惱了，說你打趣他。」寶玉笑道：「你放心，他自然知道。」

　　晴雯聽了，只得拿了帕子，往瀟湘館來。只見春纖正在欄杆上晾手帕子，見他進來，忙搖手兒說：「睡下了。」晴雯走進來，滿屋漆黑，並未點燈，黛玉已睡在床上，問：「是誰？」晴雯忙答道：「晴雯。」黛玉道：「做什麼？」晴雯道：「二爺送手帕子來給姑娘。」黛玉聽了，心中發悶，暗想：「做什麼送手帕子來給我？」因問：「這帕子是誰送他的，必定是好的，叫他留著送別人罷，我這會不用這個。」晴雯笑道：「不是新的，就是家常舊的。」黛玉聽了，越發悶住。細心搜求，一時方大悟過來，連忙說：「放下，去罷。」晴雯只得放了，抽身回去；一路盤算，不解何意。

　　這林黛玉體貼出手帕子的意思來，不覺神魂馳蕩：「寶玉這番苦心能領會我這番苦意，又令我可

四月十二日

喜；我這番苦意，不知將來如何，又令我可悲；忽然好好的送兩塊帕子來，若不是領我深意，單看了這帕子，又令我可笑了。再想到私相傳遞，我又可懼；我自己每每好哭，想來也無味，又令我可愧。」

腳踏

【出處】 玉釧兒便向一張杌子上坐了，鶯兒不敢坐下，襲人便忙端了個腳踏來，鶯兒還不敢坐。（卷三十五）

【釋義】 亦作踏床、腳床，一種放置於椅子、床榻之前供搭腳的小型木質家具，一般與床榻、座椅組合使用，也有的與家具相連，可用做身分低微的奴僕的坐具。

四月十三日

白玉釧親嘗蓮葉羹

[卷三十五]

白玉釧親嘗蓮葉羹　黃金鶯巧結梅花絡

四月十四日

卷三十五

　　寶玉一面看鶯兒打絡子，一面說閑話。因問他：「十幾歲了？」鶯兒手裡打著，一面答話：「十五歲了。」寶玉道：「你本姓什麼？」鶯兒道：「姓黃。」寶玉笑道：「這個名姓倒對了，果然是個『黃鶯兒』。」鶯兒笑道：「我的名字本來是兩個字，叫做金鶯，姑娘嫌拗口，只單叫鶯兒，如今就叫開了。」寶玉道：「寶姊姊也就算疼你了。明兒寶姊姊出嫁，少不得是你跟去了。」鶯兒抿嘴一笑。寶玉笑道：「我常常和襲人說，明兒也不知那一個有福的消受你們主兒兩個呢。」鶯兒笑道：「你還不知我們姑娘，有幾樣世上人都沒有的好處呢，模樣兒還在其次。」寶玉見鶯兒嬌腔婉轉，語笑如癡，早不勝其情了，那堪更提起寶釵來？便問道：「他好處在那裡？好姊姊告訴我聽。」鶯兒道：「我告訴你，你可不許又告訴他去。」寶玉笑道：「這個自然的。」

　　正說著，只聽見外頭說道：「怎麼這樣靜悄悄的！」二人回頭看時，不是別人，正是寶釵來了。寶玉忙讓坐。寶釵坐了，因問鶯兒：「打什麼呢？」一面問，一面向他手裡去瞧，才打了半截。寶釵笑道：「這有什麼趣兒，倒不如打個絡子，把玉絡上呢。」一句話提醒了寶玉，便拍手笑道：「倒是姊姊說得是，我就忘了。只是配個什麼顏色才好？」寶釵道：「若用雜色斷然使不得，大紅又犯了色，黃的又不起眼，黑的又太暗；等我想個法兒，把那金線拿來配

著黑珠兒線，一根一根的拈上，打成絡子，這才好
看。」

情定分識
院香梨悟

[卷三十六]

繡鴛鴦夢兆絳芸軒　識分定情悟梨香院

四月十六日

卷三十六

不想林黛玉因遇見史湘雲，約他來與襲人道喜，二人來至院中，見靜悄悄的，湘雲便轉身先到廂房裡去找襲人。林黛玉卻來至窗外，隔著窗紗往裡一看，只見寶玉穿著銀紅紗衫子，隨便睡著在床上，寶釵坐在身旁做針線，傍邊放著蠅刷子。

林黛玉見了這個景兒，連忙把身子一藏，手握著嘴，不敢笑出來，招手兒叫湘雲。湘雲一見他這般光景，只當有什麼新聞，忙也來一看，也要笑時，忽然想起寶釵素日待他厚道，便忙掩住口。知道黛玉口裡不讓人，怕他取笑，便忙拉過他來，道：「走罷。我想起襲人來，他說午間要到池子裡去洗衣裳，想必去了，咱們那裡找他去。」黛玉心下明白，冷笑了兩聲，只得隨他走了。

這裡寶釵只剛做了兩三個花瓣，忽見寶玉在夢中喊罵，說：「和尚道士的話如何信得？什麼是『金玉姻緣』？我偏說是『木石姻緣』！」薛寶釵聽了這話，不覺怔了。忽見襲人走進來，笑道：「還沒有醒呢？」寶釵搖頭。襲人又笑道：「我才碰見林姑娘史大姑娘，他們可曾進來？」寶釵道：「沒見他們進來。」因向襲人笑道：「他們沒告訴你什麼？」襲人紅了臉，笑道：「總不過是他們那些玩話，有什麼正經說的。」寶釵笑道：「今兒他們說的可不是玩話，我正要告訴你呢，你又忙忙的出去了。」

四月十七日

蘅蕪院夜擬菊題

[卷三十七]

秋爽齋偶結海棠社　蘅蕪院夜擬菊花題

四月十八日

卷三十七

黛玉道：「既然定要起詩社，咱們就是詩翁了，先把這些『姊妹叔嫂』的字樣改了，才不俗。」李紈道：「極是！何不起個別號，彼此稱呼倒雅。我是定了『稻香老農』，再無人占的。」探春笑道：「我就是『秋爽居士』罷。」寶玉道：「『居士』『主人』到底不確，又累贅。這裡梧桐芭蕉盡有，或指桐蕉起個倒好。」探春笑道：「有了，我是喜芭蕉的，就稱『蕉下客』罷。」眾人都道：「別致有趣。」

黛玉笑道：「你們快牽了他去，燉了肉脯子來吃酒。」眾人不解，黛玉笑道：「莊子云『蕉葉覆鹿』，他自稱『蕉下客』，可不是一隻鹿麼？快做了鹿脯來！」眾人聽了，都笑起來。探春因笑道：「你別忙使巧話來罵人，我已替你想了個極當的美號了。」又向眾人道：「當日娥皇女英灑淚在竹上成斑，故今斑竹又名湘妃竹；如今他住的是瀟湘館，他又愛哭，將來他那竹子想來也是要變成斑竹的，以後都叫他做『瀟湘妃子』就完了。」大家聽說，都拍手叫妙。黛玉低了頭，也不言語。李紈笑道：「我替薛大妹妹也早已想了個好的，也只三個字。」眾人忙問：「是什麼？」李紈道：「我是封他為『蘅蕪君』，不知你們以為如何？」探春道：「這個封號極好。」

寶玉道：「我呢？你們也替我想一個。」寶釵笑道：「你的號早有了，『無事忙』三字恰當得很。」

李紈道：「你還是你的舊號『絳洞花主』就是了。」

寶玉笑道：「小時候幹的營生，還提他做什麼。」

穀雨

　　《月令七十二候集解》：「三月中。自雨水後，土膏脈動，今又雨其谷於水也。」穀雨三候：一候萍始生，二候鳴鳩拂其羽，三候戴勝降於桑。穀雨後降雨增多，濕度加大，是神經痛、關節病的發病期，過敏體質者戶外活動時應注意鼻炎、哮喘的發作。養生方面，注意養肝、滋腎、健脾，在飲食上應減少高蛋白質、高熱量食物的攝入，多吃赤豆、薏仁、藕、冬瓜、山藥、海帶、竹筍、菠菜、莧菜、韭菜等，並加強鍛鍊，以排除體內的濕熱之氣。

〔清〕胤禛耕織圖冊（局部）

四月廿日　穀雨

林瀟湘魁奪菊花詩

[卷三十八]

林瀟湘魁奪菊花詩　薛蘅蕪諷和螃蟹詠

四月廿一日

卷三十八

　　湘雲便取了詩題，用針綰在牆上，眾人看了，都說：「新奇，只怕做不出來。」湘雲又把不限韻的緣故說了一番，寶玉道：「這才是正理，我也最不喜限韻。」黛玉因不大吃酒，又不吃螃蟹，自命人撥了一個繡墩，倚欄坐著，拿著釣竿釣魚。寶釵手裡拿著一枝桂花，玩了一回，俯在窗檻上，掐了桂蕊，擲在水面，引的游魚浮上來唼喋。湘雲出一回神，又讓一回襲人等，又招呼山坡下的眾人只管放量吃。探春和李紈惜春正立在垂柳陰中看鷗鷺。迎春又獨在花陰下，拿著花針兒穿茉莉花。寶玉又看了一回黛玉釣魚；一回又俯在寶釵傍邊說笑兩句；一回又看襲人等吃螃蟹，自己也陪他飲兩口酒，襲人又剝一殼肉給他吃。黛玉放下釣竿，走至座間，拿起那烏銀梅花自斟壺來，揀了一個小小的海棠凍石蕉葉杯，丫頭看見，知他要飲酒，忙著走上來斟，黛玉道：「你們只管吃去，讓我自己斟才有趣兒。」說著，便斟了半盞，看時，卻是黃酒，因說道：「我吃了一點子螃蟹，覺得心口微微的疼，須得熱熱的吃口燒酒。」寶玉忙接道：「有燒酒。」便命將那合歡花浸的酒燙一壺來。

　　黛玉也只吃了一口，便放下了。寶釵也走過來，另拿了一只杯來，也飲了一口放下，便蘸筆至牆上把頭一個「憶菊」勾了，底下又贅一個「蘅」字。寶玉忙道：「好姊姊，第二個我已經有了四句了，你讓我作罷。」寶釵笑道：「我好容易有了一首，你就忙的

四月廿二日

這樣。」黛玉也不說話，接過筆來把第八個「問菊」
也勾了，接著把第十一個「菊夢」也勾了，也贅上了
一個「瀟」字。寶玉也拿起筆來將第二個「訪菊」也
勾了，也贅上一個「絳」字。

繡墩

【出處】 黛玉因不大吃酒，又不吃螃蟹，自命人掇了一個繡墩，倚欄坐著，拿著釣竿釣魚。（卷三十八）

【釋義】 也稱「坐墩」、「鼓墩」，座面有圓、梅花、瓜稜、橢圓等諸形，整體為鼓形、覆盆形，有木、竹、藤、瓷、雕漆等材質。據考，戰國時期已出現腰鼓形坐墩，是婦女熏香取暖的專用坐具。明清時期，已為常見的坐具。

〔清〕鬥彩荷蓮圖鼓釘繡墩

四月廿三日

情哥哥
偏尋根究底

〔卷三十九〕

村姥姥是信口開河　情哥哥偏尋根究底

四月廿四日

卷三十九

一時散了，背地裡寶玉到底拉了劉姥姥，細問：「那女孩兒是誰？」劉姥姥只得編了告訴他，道：「那原是我們莊北沿兒地埂子上，有一個小祠堂裡，供的不是神佛，當先有個什麼老爺……」說著，又想名姓。寶玉道：「不拘什麼名姓，也不必想了，只說原故就是了。」劉姥姥道：「這老爺沒有兒子，只有一位小姐，名叫若玉小姐，知書兒識字，老爺太太愛如珍寶。可惜這若玉小姐生到十七歲，一病死了。」寶玉聽了，跌足嘆惜，又問：「後來怎麼樣？」劉姥姥道：「因為老爺太太思念不盡，便蓋了這祠堂，塑了這若玉小姐的像，派了人燒香撥火。如今日久年深的，人也沒了，廟也爛了，那像也就成了精。」寶玉忙道：「不是成精，規矩這樣人是雖死不死的。」劉姥姥道：「阿彌陀佛！原來如此。不是哥兒說，我們都當他成了精。他時常變了人出來各村莊店道上閑逛。我才說抽柴火的，就是他了。我們村莊上的人還商量著要打了這塑像平了廟呢。」寶玉忙道：「快別如此，若平了廟，罪過不小。」劉姥姥道：「幸虧哥兒告訴我，我明日回去，攔住他們就是了。」寶玉道：「我們老太太、太太都是善人，就是合家大小，也都好善喜捨，最愛修廟塑神的。我明日做一個疏頭，替你化些布施，你就做香頭，攢了錢，把這廟修蓋，再裝塑了泥像，每月給你香火錢燒香，好不好？」劉姥姥道：「若這樣時，我托那小姐的福，也有幾個錢使了。」

四月廿五日

火腿鮮筍湯

【出處】 一時小丫頭子捧了盒子進來站住，晴雯麝月揭開看時，還是這四樣小菜。晴雯笑道：「已經好了，還不給兩樣清淡菜吃！這稀飯鹹菜鬧到多早晚？」一面擺好，一面又看那盒中，卻有一碗火腿鮮筍湯，忙端了放在寶玉跟前。（卷五十八）

【釋義】 江南名菜，明清時已有之。揚州人稱「一啜鮮」，上海人謂之「醃篤鮮」。「醃」即火腿或鹹肉，「篤」為小火慢燉，「鮮」指春筍和鮮肉。春筍味甘，性寒，富含植物蛋白、纖維素和多種人體必需的營養成分，有利九竅、通血脈、化痰涎、消食脹等功效。此湯口味鹹鮮，為春季特色時令菜。

四月廿六日

史太君兩宴大觀園

[卷四十]

史太君兩宴大觀園　金鴛鴦三宣牙牌令

四月廿七日

卷四十

那劉姥姥入了坐，拿起箸來，沉甸甸的不伏手。原是鳳姊和鴛鴦商議定了，單拿了一雙老年四楞象牙鑲金的筷子與劉姥姥。劉姥姥見了，說道：「這叉巴子，比我們那裡的鐵掀還沉，那裡拿的動他？」說的眾人都笑起來。只見一個媳婦端了一個盒子站在當地，一個丫鬟上來揭去盒蓋，裡面盛著兩碗菜，李紈端了一碗放在賈母桌上，鳳姊偏揀了一碗鴿子蛋放在劉姥姥桌上。

賈母這邊說聲「請」，劉姥姥便站起身來，高聲說道：「老劉，老劉，食量大如牛，吃個老母豬不抬頭！」自己卻鼓著腮幫子不語。眾人先還發怔，後來一聽，上上下下都哈哈大笑起來。湘雲掌不住，一口茶都噴了出來。林黛玉笑岔了氣，伏著桌子只叫「嗳喲！」寶玉滾到賈母懷裡，賈母笑的摟著叫「心肝」。王夫人笑的用手指著鳳姊兒，卻說不出話來。薛姨媽也掌不住，口裡的茶噴了探春一裙子。探春手裡的茶碗都合在迎春身上。惜春離了坐位，拉著他的奶母，叫「揉一揉腸子」。地下無一個不彎腰屈背，也有躲出去蹲著笑去的，也有忍著笑上來替他姊妹換衣裳的。獨有鳳姊鴛鴦二人掌著，還只管讓劉姥姥。劉姥姥拿起箸來，只覺不聽使，又道：「這裡的雞兒也俊，下的這蛋也小巧，怪俊的。我且得一個兒。」眾人方住了笑，聽見這話，又笑起來。賈母笑的眼淚出來，只忍不住，琥珀在後捶著。賈母笑道：「這定

四月廿八日

是鳳丫頭促狹鬼兒鬧的！快別信他的話了。」那劉姥姥正誇雞蛋小巧，鳳姊兒笑道：「一兩銀子一個呢，你快嘗嘗罷，冷了就不好吃了。」劉姥姥便伸筷子要夾，那裡夾的起來？滿碗裡鬧了一陣，好容易撮起一個來，才伸著脖子要吃，偏又滑下來，滾在地下，忙放下筷子，要親自去揀，早有地下的人揀了出去了。劉姥姥嘆道：「一兩銀子也沒聽見個響聲兒就沒了。」

酒令

【出處】 大家坐定，賈母先笑道：「咱們先吃兩杯，今日也行一個令，才有意思。」薛姨媽笑說道：「老太太自然有好酒令，我們如何會呢！安心要我們醉了，我們都多吃兩杯就有了。」（卷四十）

【釋義】 酒席上的一種助興的飲酒遊戲，席間推舉一人為令官，餘者聽令輪流說詩詞、聯語或其他遊戲，違令者或負者罰飲，所以又稱「行令飲酒」，主要目的是活躍席間的氣氛，令賓主盡歡。中國的酒令是伴隨著酒文化應運而生的，最早誕生於西周，完備於隋唐，至明清時達到高峰。酒令有雅令、通令、籌令幾類，種類繁多，舉凡世間事物、人物、花木、蟲

〔唐〕唐人宮樂圖

四月廿九日

禽、曲牌、詞牌、詩文、戲劇、小說、中藥、月令、
八卦、骨牌，以及種種風俗、節令，皆可入令。後漢
賈逵著有《酒令》一書，清代俞敦培編《酒令叢鈔》
四卷，卷一列舉酒令多達三百種。

杏仁茶

【出處】 賈母道:「我吃些清淡的罷。」鳳姐兒忙道:「也有棗兒熬的粳米粥,預備太太們吃齋的。」賈母笑道:「不是油膩膩的就是甜的。」鳳姐兒又忙道:「還有杏仁茶,只怕也甜。」賈母道:「倒是這個還罷了。」(卷五十四)

【釋義】 杏仁有鎮咳化痰、潤肺消食、美膚養顏之功效。杏仁茶又稱杏仁酪,清朱彝尊《食憲鴻秘》中述其做法:「京師甜杏仁用熱水泡,加爐灰一撮,入水,候冷,即捏去皮,用清水漂淨,再量入清水,如磨豆腐法帶水磨碎。用絹袋榨汁去渣,以汁入調、煮熟,如白糖霜熱啖。或量加個乳亦可。」

四月卅日

伍月

賈寶玉品茶櫳翠庵

[卷四十一]

賈寶玉品茶櫳翠庵　劉姥姥醉臥怡紅院

五月一日

卷四十一

妙玉便把寶釵黛玉的衣襟一拉，二人隨他出去。寶玉悄悄的隨後跟了來。只見妙玉讓他二人在耳房內，寶釵便坐在榻上，黛玉便坐妙玉的蒲團上。妙玉自向風爐上煽滾了水，另泡一壺茶。寶玉便走了進來，笑道：「偏你們吃體己茶呢。」二人都笑道：「你又趕了來撤茶吃，這裡並沒你吃的。」妙玉剛要去取杯，只見道婆收了上面茶盞來，妙玉忙命：「將那成窯的茶杯別收了，擱在外頭去罷。」寶玉會意，知為劉姥姥吃了，他嫌醃臢，不要了。又見妙玉另拿出兩只杯來，一個旁邊有一耳，杯上鐫著「瓟斝」三個隸字，後有一行小真字，是「王愷珍玩」，又有「宋元豐五年四月眉山蘇軾見於秘府」一行小字。妙玉斟了一斝遞與寶釵。那一只形似鉢而小，也有三個垂珠篆字，鐫著「點犀䀉」。妙玉斟了一䀉與黛玉。仍將前番自己常日吃茶的那只綠玉斗來斟與寶玉。寶玉笑道：「常言『世法平等』，他兩個就用那樣古玩奇珍，我就是個俗器了？」妙玉道：「這是俗器？不是我說狂話，只怕你家裡未必找的出這麼一個俗器來呢。」寶玉笑道：「俗話說『隨鄉入鄉』，到了你這裡，自然把這金珠玉寶一概貶為俗器了。」

妙玉聽如此說，十分歡喜，遂又尋出一只九曲十環一百二十節蟠虯整雕竹根的一個大盞出來，笑道：「就剩了這一個，你可吃的了這一海？」寶玉喜的忙道：「吃的了。」妙玉笑道：「你雖吃的了，也沒這

些茶你糟踏。豈不聞『一杯為品，二杯即是解渴的蠢
物，三杯便是飲驢了』。你吃這一海，更成什麼？」
說的寶釵、黛玉、寶玉都笑了。

成窰

【出處】 只見妙玉親自捧了一個海棠花式雕漆填金「雲龍獻壽」的小茶盤，裡面放一個成窰五彩小蓋鐘，捧與賈母。（卷四十一）

【釋義】 明代成化年間的景德鎮官窰，所製瓷器胚胎細膩瑩潤，造型輕靈秀美，其中的鬥彩代表了當時的最高工藝。《博物要覽》云：「成窰上品，無過五彩。」成窰鬥彩除少數大件、大碗外，多為小形的酒杯和高足杯，典型代表有雞缸杯、天字罐，十分名貴。郭子章《豫章陶志》：「成窰有雞缸杯，為酒器之最。」

〔明〕鬥彩雞缸杯

五月三日

瀟湘子雅謔
補餘音

［卷四十二］

薛蘅蕪蘭言解疑癖　瀟湘子雅謔補餘音

五月
四日

卷四十二

　　且說寶釵等吃過早飯，又往賈母處問安，回園至分路之處，寶釵便叫黛玉道：「顰兒，跟我來，有一句話問你。」黛玉便同了寶釵來至蘅蕪院中，進了房，寶釵便坐了，笑道：「你跪下，我要審你。」黛玉不解何故，因笑道：「你瞧，寶丫頭瘋了！審問我什麼？」寶釵冷笑道：「好個千金小姐！好個不出閨門的女孩兒！滿嘴裡說的是什麼？你只實說便罷。」黛玉不解，只管發笑，心裡也不免疑惑起來，口裡只說：「我何曾說什麼？你不過要捏我的錯兒罷了。你倒說出來我聽聽。」寶釵笑道：「你還裝憨兒。昨兒行酒令，你說的是什麼？我竟不知是那裡來的。」黛玉一想，方想起來昨兒失於檢點，那《牡丹亭》《西廂記》說了兩句，不覺紅了臉，便上來摟著寶釵笑道：「好姐姐，原是我不知道，隨口說的。你教給我，再不說了。」寶釵笑道：「我也不知道，聽你說的怪生的，所以請教你。」黛玉道：「好姐姐，你別說與別人，我以後再不說了。」

　　寶釵見他羞的滿臉飛紅，滿口央告，便不肯再往下追問，因拉他坐下吃茶，款款的告訴他道：「你當我是誰？我也是個淘氣的。從小兒七八歲上，也夠個人纏的。我們家也算是個讀書人家，祖父手裡也極愛藏書。先時人口多，姊妹弟兄也在一處，都怕看正經書。弟兄們也有愛詩的，也有愛詞的，諸如這些《西廂記》《琵琶》以及《元人百種》，無所不有。他們

五月五日

偷背著我們偷看，我們也背著他們偷看。後來大人知道了，打的打，罵的罵，燒的燒，丟開了。所以咱們女孩兒家不認字的倒好。……只該做些針線紡績的事才是，偏又認得幾個字，既認得了字，不過揀那正經書看也罷了，最怕見些雜書，移了性情，就不可救了。」一夕話，說的黛玉垂頭吃茶，心下暗服，只有答應「是」的一字。

立夏

　　《月令七十二候集解》：「四月節。立字解見春。夏，假也。物至此時皆假大也。立夏三候：一候螻蟈鳴，二候蚯蚓出，三候王瓜生。立夏標誌著炎熱多雨的夏季到來，此時暑易傷氣、暑易入心，應晚睡早起，調息淨心。飲食方面以清淡為主，忌油膩生冷。中醫認為，夏季宜食苦，苦味入心，可瀉心火，可多食苦瓜、蓮心、芥蘭等。民間在立夏這日有鬥蛋、嘗新、稱人等活動。

〔清〕胤禛耕織圖冊（局部）

五月六日 立夏

不了情暫撮土為香

[卷四十三]

閑取樂偶攢金慶壽　不了情暫撮土為香

五月七日

卷四十三

　　說著，尤氏梳洗了，命人伺候車輛。一時來至榮府，先來見鳳姐，只見鳳姐已將銀子封好，正要送去。尤氏問：「都齊了麼？」鳳姐笑道：「都有了。快拿去罷，丟了我不管。」尤氏道：「我有些信不及，倒要當面點一點。」說著，果然按數一點，只沒有李紈的一分。尤氏笑道：「我說你鬧鬼呢！怎麼你大嫂子的沒有？」鳳姐笑道：「那麼些還不夠？就短一分兒也罷了。等不夠了，我再找給你。」尤氏道：「昨兒你在人跟前做人，今兒又來和我賴，這個斷不依你！我只和老太太要去。」鳳姐笑道：「我看你利害，明兒有了事，我也『丁是丁，卯是卯』的，你也別抱怨。」尤氏笑道：「你一股兒不給也罷，不看你素日孝敬我，我本來依你麼？」說著，把平兒的一分子拿了出來，說道：「平兒，來，把你的收了去，等不夠了，我替你添上。」平兒會意，笑說道：「奶奶先使著，若剩了下來，再賞我一樣。」尤氏笑道：「只許你主子作弊，就不許我作情兒？」平兒只得收了。

　　尤氏又道：「我看著你主子這麼細緻，弄這些錢，那裡使去？使不了，明兒帶了棺材裡使去。」一面說著，一面又往賈母處來。先請了安，大概說了兩句話，便走到鴛鴦房中，和鴛鴦商議，只聽鴛鴦的主意行事，何以討賈母喜歡。二人計議妥當。尤氏臨走時，也把鴛鴦的二兩銀子還他，說：「這還使不了

五月八日

呢。」說著，一徑出來，又至王夫人跟前說了一回話，因王夫人進了佛堂，把彩雲的一分也還了他。鳳姊兒不在跟前，一時把周趙二人的也還了。他兩個還不敢收，尤氏道：「你們可憐見的，那裡有這些閑錢？鳳丫頭便知道了，有我應著呢。」二人聽說，千恩萬謝的收了。

御田粳米

【出處】　劉姥姥忙跟了平兒到那邊屋裡，只見堆著半炕東西。平兒一一的拿與他瞧著，又說道：「這兩條口袋是你昨日裝瓜果子的，如今這一個裡頭裝了兩斗御田粳米，熬粥是難得的……」（卷四十二）

【釋義】　也稱「玉田米」。原產河北玉田縣，康熙時布種於豐澤園中，賜名御稻，故亦稱「御田米」。清吳振棫《養吉齋叢錄》卷二十六云：「康熙二十年前，聖祖於豐澤園稻田中，偶見一穗，與眾穗迴異。次年命擇膏壤，以布此種。其米作微紅色。嗣後四十餘年，悉炊此米作御膳，外間不可得也。其後種植漸廣，內倉積存始多。世宗時，河東總督田文鏡病初癒，嘗以此米賜之，作粥最佳也。」

五月九日

喜出望外平
兒理妝

[卷四十四]

變生不測鳳姊潑醋　喜出望外平兒理妝

五月十日

卷四十四

　　平兒素昔只聞人說寶玉專能和女孩們接交，寶玉素日因平兒是賈璉的愛妾，又是鳳姐兒的心腹，故不肯和他廝近，因不能盡心，也常為恨事。平兒如今見他這般，心中也暗暗的敁敠：「果然話不虛傳，色色想的周到。」又見襲人特特的開了箱子，拿出兩件不大穿的衣服，忙來洗了臉；寶玉一旁笑勸道：「姊姊還該擦上些脂粉，不然，倒像是和鳳姊姊賭氣似的。況且又是他的好日子，而且老太太又打發了人來安慰你。」平兒聽了有理，便去找粉，只不見粉。寶玉忙走至妝台前，將一個宣窯磁盒揭開，裡面盛著一排十根玉簪花棒兒，拈了一根，遞與平兒，又笑說道：「這不是鉛粉，這是紫茉莉花種研碎了，對上料製的。」平兒倒在掌上看時，果見輕、白、紅、香，四樣俱美；撲在面上，也容易勻淨，且能潤澤，不像別的粉澀滯。然後看見胭脂，也不是一張，卻是一個小小的白玉盒子，裡面盛著一盒，如玫瑰膏子一樣。寶玉笑道：「那市上賣的胭脂不乾淨，顏色也薄，這是上好的胭脂擰出汁子來，淘澄淨了，配了花露蒸成的。只用細簪子挑一點兒，抹在唇上，足夠了；用一點水化開，抹在手心裡，就夠拍臉的了。」平兒依言妝飾，果見鮮豔異常，且又甜香滿頰。寶玉又將盆內開的一支並蒂秋蕙用竹剪刀鉸了下來，替他簪在鬢上。忽見李紈打發丫頭來喚他，方忙忙的去了。

五月十一日

宣窯

【出處】 寶玉忙走至妝台前，將一個宣窯磁盒揭開，裡面盛著一排十根玉簪花棒兒，拈了一根，遞與平兒，又笑說道：「這不是鉛粉，這是紫茉莉花種研碎了，對上料製的。」（卷四十四）

【釋義】 指明代宣德年間的景德鎮官窯，以青花和青花紅彩瓷器著稱。徐珂《清稗類鈔·鑑賞類》：「許守白曰：『宣窯之美，為有明一代冠，不第宣紅、宣黃彪炳奕葉已也。青花、五彩各器，發明亦極多，咸為後代所祖。如輕羅小扇撲流螢等詩句入瓷，實開其先。若海獸人物把杯，亦極奇肆可喜。至於鏤空花紋填五彩，及五彩實填花紋，皆絢豔悅目。又有藍地填畫五彩者，則夾彩之制盛興矣。金戧之制，亦始於宣德朝。』」

〔明〕青花紅彩瑞果紋方蓋盒

五月十二日

風雨夕悶製風雨詞

[卷四十五]

金蘭契互剖金蘭語　風雨夕悶制風雨詞

五月十三日

卷四十五

　　這裡黛玉喝了兩口稀粥，仍歪在床上。不想日未落時，天就變了，淅淅瀝瀝下起雨來。秋霖脈脈，陰晴不定，那天漸漸的黃昏，且陰的沉黑，兼著那雨滴竹梢，更覺淒涼。知寶釵不能來，便在燈下隨便拿了一本書，卻是《樂府雜稿》，有〈秋閨怨〉、〈別離怨〉等詞。黛玉不覺心有所感，亦不禁發於章句，遂成〈代別離〉一首，擬〈春江花月夜〉之格，乃名其詞曰「秋窗風雨夕」。詞曰：

　　秋花慘澹秋草黃，耿耿秋燈秋夜長。
　　已覺秋窗秋不盡，那堪風雨助淒涼！
　　助秋風雨來何速？驚破秋窗秋夢續。
　　抱得秋情不忍眠，自向秋屏挑淚燭。
　　淚燭搖搖熱短檠，牽愁照眼動離情。
　　誰家秋院無風入？何處秋窗無雨聲？
　　羅衾不奈秋風力，殘漏聲催秋雨急。
　　連宵脈脈復颼颼，燈前似伴離人泣。
　　寒煙小院轉蕭條，疏竹虛窗時滴瀝。
　　不知風雨幾時休，已教淚灑窗紗濕。

　　吟罷擱筆，方欲安寢，丫鬟報說：「寶二爺來了。」一語未盡，只見寶玉頭上戴著大箬笠，身上披著蓑衣，黛玉不覺笑道：「那裡來的這麼個漁翁？」寶玉忙問：「今兒好？吃藥了沒有？今兒一日吃了多少飯？」一面說，一面摘了笠，脫了蓑，忙一手舉起

燈來，一手遮著燈兒，向黛玉臉上照了一照，覷著瞧
了一瞧，笑道：「今兒氣色好了些。」

酒釀

【出處】 說著，只見柳家的果遣了人送了一個盒子來。小燕接著，揭開看時，裡面是一碗蝦丸雞皮湯，又是一碗酒釀清蒸鴨子，一碟醃的胭脂鵝脯，還有一碟四個奶油松瓤卷酥，並一大碗熱騰騰碧瑩瑩綠畦香稻粳米飯。（卷六十二）

【釋義】 用蒸熟的江米拌上酒麴發酵而成的一種甜米酒，亦稱醪糟、酒娘、米酒、甜米酒、江米酒等。其味甘辛，性溫，富含糖、有機酸和多種維生素，可益氣、生津、活血、散結、消腫，是民間傳統的滋補佳品，哺乳期婦女食之可催乳。酒釀可用來製作甜品，如酒釀湯圓，亦可製作菜肴。

五月十五日

鴛鴦女誓絕鴛鴦偶

[卷四十六]

尷尬人難免尷尬事　鴛鴦女誓絕鴛鴦偶

五月十六日

卷四十六

　　可巧王夫人、薛姨媽、李紈、鳳姊兒、寶釵等姊妹並外頭的幾個執事有頭臉的媳婦，都在賈母跟前湊趣兒呢。鴛鴦看見，忙拉了他嫂子，到賈母跟前跪下，一面哭，一面說，把邢夫人怎麼來說，園子裡嫂子又如何說，今兒他哥哥又如何說，「因為不依，方才大老爺越發說我『戀著寶玉』，不然，要等著往外聘，憑我到天上，這一輩子也跳不出他的手心去，終久要報仇。我是橫了心的，當著眾人在這裡，我這一輩子，別說是寶玉，就是『寶金』、『寶銀』、『寶天王』、『寶皇帝』，橫豎不嫁人就完了！就是老太太逼著我，一刀子抹死了，也不能從命！伏侍老太太歸了西，我也不跟著我老子娘哥哥去，或是尋死，或是剪了頭髮當姑子去！若說我不是真心，暫且拿話支吾，這不是天地鬼神、日頭月亮照著，嗓子裡頭長疔！」原來這鴛鴦一進來時，便袖內帶了一把剪子，一面說著，一面回手打開頭髮就鉸。眾婆子丫鬟看見，忙來拉住，已剪下半絡來了。眾人看時，幸而他的頭髮極多，鉸的不透，連忙替他挽上。

　　賈母聽了，氣的渾身打戰，口內只說：「我通共剩了這麼一個可靠的人，他們還要來算計！」因見王夫人在旁，便向王夫人道：「你們原來都是哄我的！外頭孝順，暗地裡盤算我。有好東西也來要，有好人也來要。剩了這個毛丫頭，見我待他好了，你們自然氣不過，弄開了他，好擺弄我！」王夫人忙站起來，

五月十七日

不敢還一言。薛姨媽見連王夫人怪上，反不好勸的
了；李紈一聽見鴛鴦這話，早帶了姊妹們出去。

十錦攢心盒子

【出處】 寶玉因說：「我有個主意：既沒有外客，吃的東西也別定了樣數，誰素日愛吃的，揀樣兒做幾樣。也不必按桌席，每人跟前擺一張高几，各人愛吃的東西一兩樣，再一個十錦攢心盒子，自斟壺，豈不別致？」（卷四十）

【釋義】 攢心盒子，一種盛放菜肴、果品、糕點的圓形盤盒，中分多個扇面格子，都攢向中心一個圓格，故得名。清李元復《常談叢錄》中提及攢盒，「其盒之精緻者，則不為木格，而為紙胎灰漆碟，一圓碟居中，旁攢以扇面碟四五，或多至七八，外為一大盤統承之，形制圓，有蓋，不用則覆之。……富室則糕餅果餌皆可食著，然亦第為觀美，無或遍嘗焉。」十錦，也作「什錦」，用多種原料或集合多種花樣之意。

〔清〕銅胎畫琺瑯纏枝花卉紋攢盒

五月十八日

獃霸王調情遭苦打

[卷四十七]

呆霸王調情遭苦打　冷郎君懼禍走他鄉

五月十九日

卷四十七

　　湘蓮見前面人煙已稀，且有一帶葦塘，便下馬，將馬拴在樹上，向薛蟠笑道：「你下來，咱們先設個誓，日後要變了心，告訴人去的，便應誓。」薛蟠笑道：「這話有理。」連忙下了馬，也拴在樹上，便跪下說道：「我要日久變心，告訴人去的，天誅地滅……」一語未了，只聽「鏜」的一聲，背後好似鐵錘砸下來，只覺得一陣黑，滿眼金星亂迸，身不由己，便倒下了。湘蓮走上來瞧瞧，知道他是個不慣捱打的，只使了三分氣力，向他臉上拍了幾下，登時便「開了果子鋪」。薛蟠先還要扎掙起來身，又被湘蓮用腳尖點了一點，仍舊跌倒。口內說道：「原來是兩家情願，你不依，只管好說，為什麼哄出我來打我？」一面說，一面亂罵。湘蓮道：「我把你這瞎了眼的，你認認柳大爺是誰！你不說哀求，你還傷我！我打死你也無益，只給你個利害罷。」說著，便取了馬鞭過來，從背後至脛，打了三四十下。

　　薛蟠的酒已醒了大半，不覺得疼痛難禁，不禁有「噯喲」之聲。湘蓮冷笑道：「也只如此！我只當你是不怕打的。」一面說，一面又把薛蟠的左腿拉起來，向葦中潭泥處拉了幾步，滾的滿身泥水，又問道：「你可認得我了？」薛蟠不應，只伏著哼哼。湘蓮又擲下鞭子，用拳頭向他身上擂了幾下，薛蟠便亂滾亂叫，說：「肋條折了！我知道你是正經人，因為我錯聽了旁人的話了。」湘蓮道：「不用拉旁人，你

五月廿日

只說現在的。」薛蟠道：「現在也沒什麼說的。不過
你是個正經人，我錯了。」湘蓮道：「還要說軟些，
才饒你。」薛蟠哼哼的道：「好兄弟。」湘蓮便又一
拳；薛蟠「噯」了一聲，道：「好哥哥。」湘蓮又連
兩拳；薛蟠忙「噯喲」叫道：「好老爺，饒了我這沒
眼睛的瞎子罷！從今以後，我敬你怕你了。」湘蓮
道：「你把那水喝兩口。」

小滿

　　《月令七十二候集解》：「四月中。小滿者，物至於此小得盈滿。」小滿三候：一候苦菜秀，二候靡草死，三候麥秋至。此時天氣較為濕熱，人容易食慾不振、精神萎靡，應注意健脾祛濕、防暑，宜早睡早起，進行舒緩的戶外運動，避免大量出汗。飲食方面宜清淡，多食黃瓜、番茄、蒜薹、櫻桃、黑豆、薏仁、紅豆、薑、鴨肉、鯽魚等。

〔清〕胤禛耕織圖冊（局部）

五月廿一日　小滿

滥情人情
误思游艺

[卷四十八]

滥情人情误思遊藝　慕雅女雅集苦吟詩

五月廿二日

卷四十八

　　且說香菱見了眾人之後，吃過晚飯，寶釵等都往賈母處去了，自己便往瀟湘館中來。此時黛玉已好了大半了，見香菱也進園來住，自是歡喜。香菱因笑道：「我這一進來了，也得空兒，好歹教給我做詩，就是我的造化了！」黛玉笑道：「既要學做詩，你就拜我作師，我雖不通，大略也還教的起你。」香菱笑道：「果然這樣，我就拜你為師，你可不許膩煩的。」黛玉道：「什麼難事，也值得去學？不過是起、承、轉、合，當中承、轉，是兩副對子，平聲的對仄聲，虛的對實，實的對虛的。若是果有了奇句，連平仄虛實不對都使得的。」香菱笑道：「怪道我常弄本舊詩，偷空兒看一兩首，又有對的極工的，又有不對的，又聽見說，『一三五不論，二四六分明』。看古人的詩上，亦有順的，亦有二四六上錯了的。所以天天疑惑。如今聽你一說，原來這些規矩，竟是沒事的，只要詞句新奇為上。」黛玉道：「正是這個道理。詞句究竟還是末事，第一是立意要緊，若意趣真了，連詞句不用修飾，自是好的：這叫做『不以詞害意』。」

　　香菱笑道：「我只愛陸放翁詩『重簾不卷留香久，古硯微凹聚墨多』。說的真切有趣。」黛玉道：「斷不可看這樣的詩。你們因不知詩，所以見了這淺近的就愛；一入了這個格局，再學不出來的。你只聽我說，你若真心要學，我這裡有《王摩詰全集》，你

五月廿三日

且把他的五言律一百首細心揣摩透熟了，然後再讀
一百二十首老杜的七言律，次之再李青蓮的七言絕句
讀一二百首；肚子裡先有了這三個人做了底子，然後
再把陶淵明、應、劉、謝、阮、庾、鮑等人的一看，
你又是這樣一個極聰明伶俐的人，不用一年工夫，不
愁不是詩翁了。」

沉速

【出處】 寶玉為難。焙茗見他為難，因問道：「要香做什麼使？我見二爺時常有的小荷包兒有散香，何不找一找？」一句提醒了寶玉，便回手——衣襟上掛著個荷包——摸了一摸，竟有兩星沉速，心內歡喜：「只是不恭些。」（卷四十三）

【釋義】 「沉」指沉香，「速」指速香，「沉速」是由沉香、速香合成的香料。沈懷遠《南越志》：「交趾密香樹，彼人取之，先斷其積年老木根，經年，其外皮幹俱朽爛，木心與枝節不壞，堅黑沉水者，即沉香也。……根為黃熟香。」黃熟香即速香。李時珍《本草綱目‧木部一》：「香之等凡三：曰沉、曰棧、曰黃熟是也。……其黃熟香，即香之輕虛者，俗訛為速香是矣。」

五月廿四日

琉璃世界
白雪紅梅

[卷四十九]

琉璃世界白雪紅梅　脂粉香娃割腥啖膻

五月廿五日

卷四十九

　　到了次日一早，寶玉因心裡記掛著這事，一夜沒好生得睡，天亮了就爬起來，掀開帳子一看，雖然門窗尚掩，只是窗上光輝奪目，心內早躊躇起來，埋怨定是晴了，日光已出。一面忙起來揭起窗屜，從玻璃窗內往外一看，原來不是日光，竟是一夜雪下的將有一尺多厚，天上仍是搓綿扯絮一般。寶玉此時歡喜非常，忙喚人起來，盥漱已畢，只穿一件茄色哆羅呢狐狸皮襖，罩一件海龍小鷹膀褂子，束了腰，披上玉針蓑，戴了金藤笠，登上沙棠屐，忙忙的往蘆雪亭來。出了院門，四顧一望，並無二色，遠遠的是青松翠竹，自己卻似裝在玻璃盆內一般。於是走至山坡之下，順著山腳，剛轉過去，已聞得一股寒香撲鼻，回頭一看，卻是妙玉那邊櫳翠庵中有十數枝紅梅，如胭脂一般，映著雪色，分外顯得精神，好不有趣。

　　寶玉便立住，細細的賞玩了一回方走。只見蜂腰板橋上一個人打著傘走來，是李紈打發了請鳳姐兒去的人。寶玉來至蘆雪亭，只見丫頭婆子正在那裡掃雪開徑。原來這蘆雪亭蓋在一個傍山臨水河灘之上，一帶幾間茅簷土壁，橫籬竹牖，推窗便可垂釣，四面都是蘆葦掩覆，一條去徑，逶迤穿蘆度葦過去，便是藕香榭的竹橋了。眾丫頭婆子見他披蓑帶笠而來，都笑道：「我們才說正少一個漁翁，如今果然全了。姑娘們吃了飯才來呢！你也太性急了。」寶玉聽了，只得回來。剛至沁芳亭，見探春正從秋爽齋出來，圍著

大紅猩猩氈的斗篷，帶著觀音兜，扶著個小丫頭，後面一個婦人打著一把青綢油傘。寶玉知道他往賈母處去，遂立在亭邊；等他來到，二人一同出園前去。

糖蒸酥酪

【出處】 寶玉聽了，便命換衣裳。才要去時，忽又有賈妃賜出糖蒸酥酪來；寶玉想上次襲人喜吃此物，便命留與襲人了，自己回過賈母，過去看戲。（卷十九）

【釋義】 一種以牛奶製成的甜品，富含蛋白質和鈣，營養豐富。清沈太侔《東華瑣錄》：「市肆亦有市牛乳者，有凝如膏，所謂酪也。或飾之以瓜子之屬，謂之八寶，紅白紫綠，斑爛可觀。溶之如湯，則白如錫，沃如沸雪，所謂奶茶也。」徐珂《清稗類鈔》：「乳酪者，製牛乳和以糖使成漿也，俗呼奶茶，北人恆飲之。」

五月廿七日

暖香塢雅製春燈謎

[卷五十]

蘆雪亭爭聯即景詩　暖香塢雅製春燈謎

五月廿八日

卷五十

　　李紈笑道：「『觀音未有世家傳』，打《四書》一句。」湘雲接著就說道：「『在止於至善』。」寶釵笑道：「你也想一想『世家傳』三個字的意思再猜。」李紈笑道：「再想。」黛玉笑道：「我猜罷。可是『雖善無徵』？」眾人都笑道：「這句是了。」李紈又道：「『一池青草草何名』。」湘雲又忙道：「這一定是『蒲蘆也』。再不是不成？」李紈笑道：「這難為你猜。紋兒的是『水向石邊流出冷』，打一古人名。」探春笑著問道：「可是山濤？」李紈道：「是。」李紈又道：「綺兒是個『螢』字，打一個字。」眾人猜了半日，寶琴道：「這個意思卻深，不知可是花草的『花』字？」李綺笑道：「恰是了。」眾人道：「螢與花何干？」黛玉笑道：「妙的很！螢可不是草化的？」眾人會意，都笑了，說：「好。」

　　寶釵道：「這些雖好，不合老太太的意；不如做些淺近的物兒，大家雅俗共賞才好。」眾人都道：「也要做些淺近的俗物才是。」湘雲想了一想，笑道：「我編了一支『點絳唇』，卻真是個俗物，你們猜猜。」說著，便念道：

　　溪壑分離，紅塵遊戲，真何趣？名利猶虛，後事終難繼。

　　眾人都不解，想了半日，也有猜是和尚的，也有猜是道士的，也猜是偶戲人的。寶玉笑了半日道：

五月廿九日

「都不是。我猜著了,必定是耍的猴兒。」湘雲笑
道:「正是這個了。」眾人道:「前頭都好,末後一
句怎麼樣解?」湘雲道:「那一個耍的猴兒不是剁了
尾巴去的?」眾人聽了,都笑起來,說:「偏他編個
謎兒也是刁鑽古怪的。」

詩筒

【出處】 太監又將頒賜之物，送與猜著之人，每人一個宮製詩筒，一柄茶筅。（卷二十二）

【釋義】 古代人日常用以裝詩箋的筒子，竹製居多，也有木、銅等材質，取其雅意。《紅樓夢》庚辰本脂批：「詩筒，身邊所佩之物，以待偶成之句草錄暫收之。」李白〈酬宇文少府見贈桃竹書筒〉詩云：「桃竹書筒綺繡文，良工巧妙稱絕群。」白居易〈長慶集·醉封詩筒寄微之〉：「為向兩川郵吏道，莫辭來去遞詩筒。」

〔清〕雕竹石圖詩筒

五月卅日

玫瑰清露

【出處】 襲人看時，只見兩個玻璃小瓶，卻有三寸大小，上面螺絲銀蓋，鵝黃箋上寫著「木樨清露」，那一個寫著「玫瑰清露」。襲人笑道：「好尊貴東西！這麼小個瓶兒，能有多少？」王夫人道：「那是進上的，你沒看見鵝黃箋子？你好生替他收著，別遭塌了。」（卷三十四）

【釋義】 即玫瑰露，用玫瑰花蒸餾所得的香液，可作飲料，亦可藥用。明代後期由西洋傳教士引入。清顧仲《養小錄》載：「仿燒酒錫甑、木桶減小樣，製一具，蒸諸香露。凡諸花及諸葉香者，俱可蒸露，入湯代茶，種種益人。入酒增味，調汁製餅，無所不宜。」《本草綱目拾遺》云：「玫瑰露氣香而味淡，能和血平肝，養胃寬胸散鬱。」寶玉挨打，肝氣鬱結，故宜用此露調理。

五月卅一日

陸月

胡庸醫亂用虎狼藥

[卷五十一]

薛小妹新編懷古詩　胡庸醫亂用虎狼藥

六月一日

卷五十一

至次日起來，晴雯果覺有些鼻塞聲重，懶怠動彈。寶玉道：「快不要聲張！太太知道了，又叫你搬了家去養息。家裡縱好，到底冷些，不如在這裡。你就在裡間屋裡躺著，我叫人請了大夫，悄悄的從後門進來瞧瞧就是了。」晴雯道：「雖如此說，你到底要告訴大奶奶一聲兒；不然，一時大夫來了，人問起來，怎麼說呢？」寶玉聽了有理，便喚一個老嬤嬤來，吩咐道：「你回大奶奶去，就說晴雯白冷著了些，不是什麼大病。襲人又不在家，他若家去養病，這裡更沒有人了。傳一個大夫，悄悄的從後門進來瞧瞧，別回太太了。」老嬤嬤去了，半日來回說：「大奶奶知道了，說：兩劑藥好了便罷；若不好時，還是出去的為是。如今時氣不好，沾染了別人事小，姑娘們的身子要緊。」晴雯睡在暖閣裡，只管咳嗽，聽了這話，氣的嚷道：「我那裡就害瘟病了？生怕招了人！我離了這裡，看你們這一輩子都別頭疼腦熱的！」說著，便真要起來。寶玉忙按他，笑道：「別生氣，這原是他的責任，生恐太太知道了說他。不過白說一句。你素昔又愛生氣，如今肝火自然又盛了。」

正說時，人回：「大夫來了。」寶玉便走過來，避在書架後面，只見兩三個後門口的老婆子帶了一個太醫進來。這裡的丫頭都迴避了，有三四個老嬤嬤，放下暖閣上的大紅繡幔，晴雯從幔中單伸出手去。那

太醫見這隻手上有兩根指甲，足有二三寸長，尚有金
鳳仙花染的通紅的痕跡，便回過頭來。有一個老嬤嬤
忙拿了一塊手帕掩了。那太醫方診了一回脈，起身到
外間，向嬤嬤們說道：「小姊的症是外感內滯。近
日時氣不好，竟算是個小傷寒。幸虧是小姊，素日飲
食有限，風寒也不大，不過是氣血原弱，偶然沾染了
些，吃兩劑藥疏散疏散就好了。」說著，便又隨婆子
們出去。

螺甸櫃子

【出處】　寶玉道:「我常見他在那小螺甸櫃子裡拿錢,我和你找去。」說著,二人來至襲人堆東西的房內,開了螺甸櫃子,上一槅都是些筆墨、扇子、香餅、各色荷包、汗巾等類的東西;下一槅卻有幾串錢。(卷五十一)

【釋義】　螺甸,也作螺鈿、鈿嵌、螺填,是用貝殼薄片製成人物鳥獸花草等形象,鑲嵌在器物上作為裝飾。清趙翼《陔餘叢考》介紹這種工藝:「髹漆器用蚌蛤殼鑲嵌,像人物花草,謂之螺填。……此器多出自廣東沿海一帶。」中國至遲在南北朝時期已有螺甸技術,到唐代已臻成熟,至清代,製作達到高峰。

〔明〕黑漆嵌螺鈿花蝶亮格櫃

六月三日

勇晴雯病補雀毛裘

俏平兒情掩蝦鬚鐲　勇晴雯病補雀毛裘

六月四日

卷五十二

　　晴雯聽了半日，忍不住，翻身說道：「拿來我瞧瞧罷！沒那福氣穿就罷了。」說著，便遞與晴雯，又移過燈來，細瞧了一瞧。晴雯道：「這是孔雀金線的。如今咱們也拿孔雀金線，就像界線似的界密了，只怕還可混的過去。」麝月笑道：「孔雀線現成的，但這裡除你，還有誰會界線？」晴雯道：「說不的我掙命罷了。」寶玉忙道：「這如何使得！才好了些，如何做得活。」晴雯道：「不用你蠍蠍螫螫的，我自知道。」一面說，一面坐起來，挽了一挽頭髮，披了衣裳，只覺頭重身輕，滿眼金星亂迸，實實撐不住。待不做，又怕寶玉著急，少不得狠命咬牙捱著。便命麝月只幫著拈線。晴雯先拿了一根比一比，笑道：「這雖不很像，若補上也不很顯。」寶玉道：「這就很好，那裡又找俄羅斯國的裁縫去。」晴雯先將裡子拆開，用茶杯口大小一個竹弓釘繃在背面，再將破口四邊用金刀刮的散鬆鬆的，然後用針縫了兩條，分出經緯，亦如界線之法，先界出地子來，後依本紋來回織補。補兩針，又看看；織補不上三五針，便伏在枕上歇一會。寶玉在旁，一時又問：「吃些滾水不吃？」一時又命：「歇一歇。」一時又拿一件灰鼠斗篷替他披在背上，一時又拿個枕頭與他靠著，急的晴雯央道：「小祖宗，你只管睡罷，再熬上半夜，明兒眼睛摳摟了，那可怎麼好！」

　　寶玉見他著急，只得胡亂睡下；仍睡不著。一

六月五日

時只聽自鳴鐘已敲了四下，剛剛補完；又用小牙刷慢
慢的剔出絨毛來。麝月道：「這就很好，若不留心，
再看不出的。」寶玉忙要了瞧瞧，笑說：「真真一樣
了。」晴雯已嗽了幾陣，好容易補完了，說了一聲：
「補雖補了，到底不像，我也再不能了！」「嗳喲」
了一聲，便身不由主倒下了。

芒種

　　《月令七十二候集解》：「五月節。謂有芒之種穀可稼種矣。」芒種三候：一候螳螂生，二候鵙始鳴，三候反舌無聲。此時氣溫迅速升高，雨水增多，天氣濕熱，人容易萎靡慵懶，應保持精神愉悅，晚睡早起，午間適當休息，運動不宜過量，注意防暑。養生應注意補脾、養心，飲食要清淡，多食蔬菜、豆類、水果等。芒種的習俗，在卷二十七中有這樣的描寫：「尚古風俗：凡交芒種節的這日，都要設擺各色

〔清〕胤禛耕織圖冊（局部）

六月六日　芒種

禮物，祭餞花神，言芒種一過，便是夏日了，眾花皆
卸，花神退位，須要餞行。……那些女孩子們，或用
花瓣柳枝編成轎馬的，或用綾錦紗羅疊成干旄旌幢
的，都用彩線繫了。每一棵樹，每一枝花上，都繫了
這些物事。」

寧國府除夕祭宗祠

[卷五十三]

寧國府除夕祭宗祠　榮國府元宵開夜宴

六月七日

卷五十三

　　那晚各處佛堂灶王前焚香上供。王夫人正房院内設著天地紙馬香供。大觀園正門上挑著角燈，兩旁高照，各處皆有路燈。上下人等，打扮的花團錦簇。一夜人聲雜沓，語笑喧闐，爆竹起火，絡繹不絕。

　　至次日五鼓，賈母等人按品大妝，擺全副執事進宮朝賀，兼祝元春千秋。領宴回來，又至寧府祭過列祖，方回來。受禮畢，便換衣歇息。所有賀節來的親友，一概不會，只和薛姨媽李嬸娘二人說話取便，或同寶玉寶釵等姊妹趲圍棋摸牌作戲。王夫人與鳳姊天天忙著請人吃年酒，那邊廳上與院内皆是戲酒，親友絡繹不絕。一連忙了七八日，才完了，早又元宵將近，寧榮二府皆張燈結綵。十一日是賈赦請賈母等，次日賈珍又請賈母，王夫人和鳳姊兒也連日被人請去吃年酒，不能勝記。

　　至十五這一晚上，賈母便在大花廳上命擺幾席酒，定一班小戲，滿掛各色花燈，帶領榮寧二府各子侄孫男孫媳等家宴。賈敬素不飲酒茹葷，因此不去請他，十七日祀祖已完，他便出城修養；就是這幾日在家，也只靜室默處，一概無聞，不在話下。賈赦領了賈母之賞，告辭而去。賈母知他在此不便，也隨他去了。賈赦到家中，與眾門客賞燈吃酒，笙歌聒耳，錦繡盈眸，其取樂與這裡不同。

六月八日

法製紫薑

【出處】 麝月又捧過一小碟法製紫薑來,寶玉嚐了一塊。又囑咐了晴雯,便忙往賈母處來。(卷五十二)

【釋義】 法製,依照法度製作,即地道、標準之意。嫩薑因皮色泛紫,故稱紫薑。《宋氏養生部》:「法製生薑:生薑(十兩切作片子,用青鹽摻過,再以小麥麵和停焙乾);官桂(去皮),青皮(去白),陳皮,半夏(薑製),白朮(以上各一兩);丁香,木香(以上各二兩五錢),白豆蔻仁、白茯苓(去皮),縮砂仁(以上各一兩五錢);葛根、甘草(炙,各五錢),右為末,隨意服食。治飲酒過多,或生冷停滯,嘔逆噁心,不欲飲食。」

六月九日

史太君破陳腐舊套

［卷五十四］

史太君破陳腐舊套　　王熙鳳效戲彩斑衣

六月十日

卷五十四

　　說著，又擊起鼓來。小丫頭子們只要聽鳳姊兒的笑話，便悄悄的和女先兒說明，以咳嗽為記。須臾傳至兩遍，剛到了鳳姊兒手裡，小丫頭子們故意咳嗽，女先兒便住了。眾人齊笑道：「這可拿住他了。快吃了酒，說一個好的罷。別太逗人笑的腸子疼。」

　　鳳姊兒想一想，笑道：「一家子也是過正月節，合家賞燈吃酒，真真的熱鬧非常，祖婆婆、太婆婆、婆婆、媳婦、孫子媳婦、重孫子媳婦、侄孫子、重孫子、灰孫子、滴里搭拉的孫子、孫女兒、外孫女兒、姨表孫女兒、姑表孫女兒……嗳喲喲，真好熱鬧！」眾人聽他說著，已經笑了，都說：「聽這數貧嘴的，又不知要編派那一個呢！」尤氏笑道：「你要招我，我可撕你的嘴。」鳳姊兒起身拍手笑道：「人家這裡費力，你們緊著混，我就不說了。」賈母笑道：「你說你的，底下怎麼樣？」鳳姊兒想了一想，笑道：「底下就團團的坐了一屋子，吃了一夜酒，就散了。」

　　眾人見他正言厲色的說了，也都再無有別話，怔怔的還等往下說，只覺他冰冷無味的就住了。史湘雲看了他半日。鳳姊兒笑道：「再說一個過正月節的：幾個人拿著房子大的炮仗往城外放去，引了上萬的人跟著瞧去。有一個性急的人等不得，便偷著拿香點著。只聽『噗哧』的一聲，眾人哄然一笑，都散了。這抬炮仗的人抱怨賣炮仗的捍的不結實，沒等放就散

了。」湘雲道：「難道本人沒聽見？」鳳姐兒道：
「本人原是個聾子。」眾人聽說，想了一回，不覺失
聲都大笑起來。又想著先前那一個沒完的，問他道：
「先那一個到底怎麼樣？也該說完了。」鳳姐兒將桌
子一拍，道：「好羅唆！到了第二日是十六日，年也
完了，節也完了，我看人忙著收東西還鬧不清，那裡
還知道底下事了。」眾人聽說，復又笑起來。

花梨木

【出處】 那馮紫英又回頭看著他跟來的小廝道：「那個匣子呢？」那小廝趕忙捧過一個花梨木匣子來。大家打開看時，原來匣內襯著虎紋錦，錦上疊著一束藍紗。（卷九十二）

【釋義】 花梨木有兩種，一種為花櫚木，木村堅實厚重，花紋瑰麗；一種為海南檀，樹心為紅褐色，堅硬有光澤，紋理細密，兩者為貴重的家具用材。《博物要覽》云：「花梨產交廣溪澗，一名花櫚樹，葉如梨而無實，木色紅紫而肌理細膩，可作器具、桌、椅、文房諸器。」

〔清〕黃花梨木嵌玉雕圓盒

六月十二日

欺主刁奴蓄險心

[卷五十五]

辱親女愚妾爭閑氣　欺幼主刁奴蓄險心

六月十三日

卷五十五

這日王夫人正是往錦鄉侯府去赴席,李紈與探春,早已梳洗,伺候出門去後,回至廳上坐了,剛吃茶時,只見吳新登的媳婦進來回說:「趙姨娘的兄弟趙國基昨日出了事,已回過老太太、太太,說知道了,叫回姑娘來。」說畢,便垂手旁侍,再不言語。彼時來回話者不少,都打聽他二人辦事如何:若辦得妥當,大家則安個畏懼之心;若少有嫌隙不當之處,不但不畏伏,一出二門,還說出許多笑話來取笑。吳新登的媳婦心中已有主意:若是鳳姊前,他便早已獻勤,說出許多主意、又查出許多舊例來,任鳳姊揀擇施行;如今他藐視李紈老實,探春是年輕的姑娘,所以只說出這一句話來,試他二人有何主見。探春便問李紈,李紈想了一想,便道:「前日襲人的媽死了,聽見說賞銀四十兩,這也賞他四十兩罷了。」吳新登的媳婦聽了,忙答應個「是」,接了對牌就走。探春道:「你且回來。」吳新登家的只得回來。探春道:「你且別支銀子。我且問你:那幾年老太太屋裡的幾位老姨奶奶,也有家裡的,也有外頭的,有兩個分別。家裡的若死了人是賞多少?外頭的死了人是賞多少?你且說兩個我們聽聽。」

一問,吳新登家的便都忘了,忙陪笑回說道:「這也不是什麼大事,賞多賞少,誰還敢爭不成?」探春笑道:「這話胡鬧。依我說,賞一百倒好。若不按理,別說你們笑話,明兒也難見你二奶奶。」吳新

登家的笑道：「既這麼說，我查舊帳去；此時卻不記
得。」探春笑道：「你辦事辦老了的，還不記得，倒
來難我們。你素日回你二奶奶，也現查去？若有這道
理，鳳姊姊還不算利害，也就算是寬厚了。還不快找
了來我瞧。再遲一日，不說你們粗心，倒像我們沒主
意了。」吳新登家的滿面通紅，忙轉身出來。眾媳婦
們都伸舌頭。這裡又回別的事。

伽楠珠

【出處】　元春又命太監送出金壽星一尊，沉香拐一支，伽楠珠一串，福壽香一盒，金錠一對，銀錠四對，彩緞十二匹，玉杯四只。（卷七十一）

【釋義】　用伽楠香木製作的串珠。伽楠即沉香，明文震亨《長物志》：「伽南一名『奇藍』，又名『琪楠』，有『糖結』、『金絲』二種：『糖結』，面黑若漆，堅若玉，鋸開上有油若糖者最貴。『金絲』色黃，上有線若金者，次之。此香不可焚，焚之微有膻氣。大者有重十五、六斤，以雕盤承之，滿室皆香，真為奇物。小者以製扇墜、數珠，夏月佩之，可以辟穢。」

六月十五日

敏探春
興利除宿弊

敏探春興利除宿弊　賢寶釵小惠全大體

六月十六日

卷五十六

　　探春道：「因此我心裡不自在，饒費兩起兒錢，東西又白丟一半，不如竟把買辦的這一項每月蠲了為是。此是第一件事。第二件，年裡往賴大家去，你也去的，你看他那小園子，比咱們這個如何？」平兒笑道：「還沒有咱們這一半大，樹木花草也少多著呢。」探春道：「我因和他們家的女孩兒說閑話兒，他說這園子除他們帶的花兒，吃的筍菜魚蝦，一年還有人包了去，年終足有二百兩銀子剩。從那日，我才知道一個破荷葉，一根枯草根子，都是值錢的。」

　　……

　　三人取笑了一回，便仍談正事。探春又接說道：「咱們這個園子，只算比他們的多一半，加一倍算起來，一年就有四百銀子的利息。若此時也出脫生發銀子，自然小器，不是咱們這樣人家的事；若派出兩個一定的人來，既有許多值錢之物，一味任人作踐，也似乎暴殄天物。不如在園子裡所有的老媽媽中，揀出幾個本分老成，能知園圃的，派他們收拾料理。也不必要他們交租納稅，只問他們一年可以孝敬些什麼。一則園子有專定之人修理花木，自然一年好似一年的，也不用臨時忙亂；二則也不致作踐，白辜負了東西；三則老媽媽們也可借此小補，不枉年日家在園中辛苦；四則也可以省了這些花兒匠、山子匠並打掃人等的工費：將此有餘，以補不足，未為不可。」寶釵正在地下看壁上的字畫，聽如此說，便點頭笑道：

「善哉，三年之內，無饑饉矣。」李紈道：「好主意。果然這麼行，太太必喜歡。省錢事小，園子有人打掃，專司其職，又許他去賣錢，使之以權，動之以利，再無不盡職的了。」平兒道：「這件事須得姑娘說出來。我們奶奶雖有此心，未必好出口。此刻姑娘們在園裡住著，不能多弄些玩意兒去陪襯，反叫人去監管修理，圖省錢，這話斷不好出口。」

慧紫鵑情辭試莽玉

慧紫鵑情辭試莽玉　慈姨媽愛語慰癡顰

六月十八日

卷五十七

　　紫鵑道：「原來是你說了，這又多謝你費心。我們正疑惑，老太太怎麼忽然想起來叫人每一日送一兩燕窩來呢？這就是了。」寶玉笑道：「這要天天吃慣了，吃上三二年就好了。」紫鵑道：「在這裡吃慣了，明年家去，那裡有這閑錢吃這個。」

　　寶玉聽了，吃了一驚，忙問：「誰家去？」紫鵑道：「妹妹回蘇州去。」寶玉笑道：「你又說白話。蘇州雖是原籍，因沒了姑母，無人照看，才接了來的；明年回去找誰？可見你扯謊。」紫鵑冷笑道：「你太看小了人。你們賈家獨是大族，人口多的；除了你家，別人只得一父一母，房族中真個再無人了不成？我們姑娘來時，原是老太太心疼他年小，雖有叔伯，不如親父母，故此接來住幾年。大了該出閣時，自然要送還林家的，終不成林家女兒在你賈家一世不成？林家雖貧到沒飯吃，也是世代書香人家，斷不肯將他家的人丟與親戚，落的恥笑，所以早則明年春天，遲則秋天，這裡縱不送去，林家亦必有人來接的。前日夜裡姑娘和我說了，叫我告訴你，將從前小時玩的東西，有他送你的，叫你都打點出來還他；他也將你送他的打點在那裡呢。」寶玉聽了，便如頭頂上響了一個焦雷一般。紫鵑看他怎麼回答，等了半天，見他只不作聲，才要再問，只見晴雯找來，說：「老太太叫你呢。誰知在這裡。」紫鵑笑道：「他這裡問姑娘的病症，我告訴了他半日，他只不信，你倒拉他去罷。」說著，自己便走回房去了。

六月十九日

端午節

又稱端陽節、端五節、重五節、五月節等。古代最早在這日進行祛病防疫、祭祀的儀式，後成為紀念屈原的節日。各地至今仍保持著吃粽子、喝雄黃酒、掛菖蒲艾葉、佩香包、賽龍舟、鬥草等傳統習俗。書中更是數次提及端午節，如卷二十四，「鳳姊正是辦端陽節的禮需用香料」。卷二十八提到元妃賞賜的端午節禮，為「上等宮扇兩柄，紅麝香珠二串，鳳尾羅二端，芙蓉簟一領」。卷三十一：「這日正是端陽佳節，蒲艾簪門，虎符繫臂。午間王夫人治了酒席，請薛家母女等賞午。」卷六十二：「大家採了些花草來，兜著坐在花草堆裡鬥草。」充分體現了舊時端午節的民俗風貌。

〔清〕十二月令圖軸（局部）

六月廿日

鴿子蛋

【出處】 只見一個媳婦端了一個盒子站在當地,一個丫鬟上來揭去盒蓋,裡面盛著兩碗菜,李紈端了一碗放在賈母桌上,鳳姐偏揀了一碗鴿子蛋放在劉姥姥桌上。(卷四十)

【釋義】 鴿子蛋營養豐富,含大量優質的蛋白質、鈣、鐵、維生素等成分,味甘、鹹,性平,具有補肝腎、益精氣、豐肌膚、助陽提神、解瘡毒等功效。《童氏食規》中提到煨鴿蛋的做法,「如煨雞腎同」,「雞腎數十枚,煮微熟去膜,同雞湯、作料煨之,鮮嫩絕倫」。鴿子蛋亦為清宮御食。

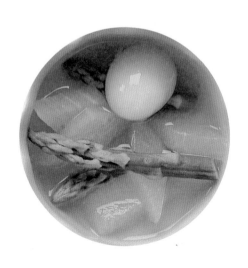

六月廿一日

夏至

《月令七十二候集解》:「五月中。《韻會》曰:夏,假也;至,極也;萬物於此皆假大而至極也。」夏至三候:一候鹿角解,二候蟬始鳴,三候半夏生。此時陽氣到達極點,氣候日漸炎熱,人易煩躁、多汗,應注意調息養心,保持精神愉快,飲食要清淡,可多食苦瓜、冬瓜、絲瓜、鴨肉、鴿蛋、百合、萵筍、生薑等來養陰。

〔清〕胤禛耕織圖冊(局部)

六月廿二日　夏至

杏子陰假鳳泣虛凰

［卷五十八］

杏子陰假鳳泣虛凰　茜紗窗真情揆癡理

六月廿三日

卷五十八

　　可巧這日乃是清明之日，賈璉已備下年例祭祀，帶領賈環、賈琮、賈蘭三人去往鐵檻寺祭柩燒紙；寧府賈蓉也同族中人各辦祭祀前往。因寶玉病未大癒，故不曾得往。飯後發倦，襲人因說：「天氣甚好，你且出去逛逛，省的丟下粥碗就睡，存在心裡。」寶玉聽說，只得拄了一支杖，靸著鞋，走出院來。因近日將園中分與眾婆子料理，各司各業，皆在忙時：也有修竹的，也有剔樹的，也有栽花的，也有種豆的，池中間又有駕娘們行著船夾泥的，種藕的。湘雲、香菱、寶琴與些丫鬟等都坐在山石上瞧他們取樂。寶玉也慢慢行來。湘雲見了他來，忙笑說：「快把這船打出去！他們是接林妹妹的。」眾人都笑起來。寶玉紅了臉，也笑道：「人家的病，誰是好意的，你也形容著取笑兒。」湘雲笑道：「病也比人家另一樣，原招笑兒，反說起人來。」說著，寶玉便也坐下，看著眾人忙亂了一回。湘雲因說：「這裡有風，石頭上又冷，坐坐去罷。」

　　寶玉也正要去瞧黛玉，起身拄拐，辭了他們，從沁芳橋一帶堤上走來。只見柳垂金線，桃吐丹霞，山石之後，一株大杏樹，花已全落，葉稠陰翠，上面已結了豆子大小的許多小杏。寶玉因想道：「能病了幾天，竟把杏花辜負了！不覺到『綠葉成陰子滿枝』了！」因此仰望杏子不捨。又想起邢岫煙已擇了夫婿一事：雖說男女大事，不可不行，但未免又少了一個

六月廿四日

好女兒，不過二年，便也要「綠葉成陰子滿枝」了；再過幾日，這杏樹子落枝空，再幾年，岫煙也不免烏髮如銀，紅顏似縞了。因此，不免傷心，只管對杏嘆息。正悲嘆時，忽有一個雀兒飛來，落於枝上亂啼。寶玉又發了呆性了，心下想道：「這雀兒必定是杏花正開時他曾來過，今見無花空有葉，故也亂啼。這聲韻必是啼哭之聲，可恨公冶長不在眼前，不能問他。但不知明年再發時，這個雀兒可還記得飛到這裡來與杏花一會不能？」

涼榻

【出處】 王夫人正坐在涼榻上搖著芭蕉扇子。見他（襲人）來了，說道：「你不管叫個誰來也罷了，又丟下他來了，誰伏侍他呢？」（卷三十四）

【釋義】 古代的一種坐臥類的家具，較矮，比床窄，明清時期較為流行。涼榻即夏天乘涼時使用的榻。明文震亨《長物志》：「榻，座高一尺二寸，屏高一尺三寸，長七尺有奇，周設木格，中貫湘竹，下座不虛，三面靠背，後背及兩傍等，此榻之定式也。」

六月廿五日

柳葉渚邊填鶯叱燕　絳芸雲裏召將飛符

[卷五十九]

柳葉渚邊嗔鶯叱燕　絳芸軒裡召將飛符

六月廿六日

卷五十九

　　卻說春燕一直跑入院中，頂頭遇見襲人往黛玉處問安去，春燕便一把抱住襲人說：「姑娘救我，我媽又打我呢！」襲人見他娘來了，不免生氣，便說道：「三日兩頭，打了乾的打親的，還是賣弄你女孩兒多？還是認真不知王法？」這婆子來了幾日，見襲人不言不語，是好性兒的，便說道：「姑娘，你不知道，別管我們的閒事，都是你們縱的，還管什麼？」說著，便又趕著打。襲人氣的轉身進來，見麝月正在海棠下晾手巾，聽如此喊鬧，便說：「姊姊別管，看他怎麼！」一面使眼色與春燕。春燕便會意，直奔了寶玉去。眾人都笑道：「這可是從來沒有的事今兒都鬧出來了。」麝月向婆子道：「你再略煞一煞氣兒，難道這些人的臉面，和你討一個情還討不出來不成？」

　　那婆子見他女兒奔到寶玉身邊去，又見寶玉拉了春燕的手，說：「你別怕，有我呢！」春燕一行哭，一行將方才鶯兒等事都說出來。寶玉越發急起來，說：「你只在這裡鬧也罷了，怎麼連親戚也都得罪起來？」麝月又向婆子及眾人道：「怨不得這婆子說我們管不著他們的事，我們雖無知，錯管了。如今請出一個管得著的人來管一管，嫂子就心服口服，也知道規矩了。」便回頭命小丫頭子：「去把平兒給我叫來，平兒不得閒，就把林大娘叫了來。」那小丫頭子應了便走。眾媳婦上來笑說：「嫂子快求姑娘們叫回

那孩子來罷。平姑娘來了，可就不好了！」那婆子說
道：「憑是那個姑娘來了，也要評個理。沒有見個娘
管女孩兒，大家管著娘的！」眾人笑道：「你當是那
個平姑娘？是二奶奶屋裡的平姑娘！他有情麼，說你
兩句；他一翻臉，嫂子，你『吃不了兜著走』！」

酸梅湯

【出處】 王夫人又問:「吃了什麼沒有?」襲人道:「老太太給的一碗湯,喝了兩口,只嚷乾渴,要吃酸梅湯。我想酸梅是個收斂東西,剛才挨打,又不許叫喊,自然急的熱毒熱血未免存在心裡,倘或吃下這個去,激在心裡,再弄出大病來,可怎麼樣?因此我勸了半天,才沒吃。只拿那糖醃的玫瑰鹵子和了,吃了小半碗,嫌吃絮了,不香甜。」(卷三十四)

【釋義】 酸梅湯是我國傳統的夏令飲料,是以烏梅為主料,加入山楂、甘草、冰糖等熬製而成,止渴、生津、開胃、清熱的效果尤佳。《本草綱目》認為,烏梅「下氣,除熱煩滿,安心,止肢體痛」,據考,商周時期人們就已使用梅子提酸製作飲料。「酸梅

湯」之名出現於清代，郝懿行《曬書堂筆錄》云：
「京師夏月，街頭賣冰。又有兩手銅碗，還令自擊，
泠泠作聲，清圓而瀏亮，鬻酸梅湯也。以鐵椎鑿碎
冰，摻入其中，謂之冰振（鎮）梅湯，兒童尤喜呷
之。」

玫瑰露引出茯苓霜

［卷六十］

茉莉粉替去薔薇硝　　玫瑰露引出茯苓霜

六月廿九日

卷六十

可巧寶玉往黛玉那裡去了，芳官正與襲人等吃飯，見趙姨娘來了，忙都起身讓：「姨奶奶吃飯。什麼事情這等忙？」趙姨娘也不答話，走上來，便將粉照芳官臉上摔來，手指著芳官罵道：「小娼婦養的！你是我們家銀子錢買了來學戲的，不過娼婦粉頭之流，我家裡下三等奴才也比你高貴些！你都會『看人下菜碟兒』！寶玉要給東西，你攔在頭裡，莫不是要了你的了？拿這個哄他，你只當他不認得呢！好不好，他們是手足，都是一樣的主子，那裡有你小看他的？」

芳官那裡禁得住這話，一行哭，一行便說：「沒了硝，我才把這個給他的；要說沒了，又怕不信。難道這不是好的？我便學戲，也沒往外頭唱去。我一個女孩兒家，知道什麼『粉頭』『面頭』的！姨奶奶犯不著來罵我，我又不是姨奶奶家買的。『梅香拜把子——都是奴才』罷咧！這是何苦來呢！」襲人忙拉他說：「休胡說！」趙姨娘氣的發怔，便上來打了兩個耳刮子，襲人等忙上來拉勸，說：「姨奶奶不要和他小孩子一般見識，等我們說他。」芳官挨了兩下打，那裡肯依？便打滾撒潑的哭鬧起來；口內便說：「你打的著我麼？你照照你那模樣兒再動手！我叫你打了去，也不用活著了！」撞在他懷中叫他打。眾人一面勸，一面拉。晴雯悄拉襲人說：「不用管他們，讓他們鬧去，看怎麼開交。如今亂為王了，什麼你也

六
月
卅
日

來打，我也來打，都這樣起來，還了得呢！」外面跟
趙姨娘來的一干人聽見如此，心中各各趁願，都念佛
說：「也有今日！」又有那一干懷怨的老婆子，見打
了芳官，也都趁願。

柒月

投鼠忌器寶玉瞞贓

[卷六十一]

投鼠忌器寶玉瞞贓　判冤決獄平兒行權

七月一日

卷六十一

　　平兒便命一個人叫了他兩個來，說道：「不用慌，賊已有了。」玉釧兒先問：「賊在那裡？」平兒道：「現在二奶奶屋裡呢，問他什麼應什麼。我心裡明白，知道不是他偷的，可憐他害怕，都承認了。這裡寶二爺不過意，要替他認一半。我待要說出來，但只是這做賊的，素日又是和我好的一個姊妹；窩主卻是平常，裡面又傷了一個好人的體面，因此為難。少不得央求寶二爺應了，大家無事。如今反要問你們兩個，還是怎樣：要從此以後，大家小心存體面，這便求寶二爺應了；若不然，我就回了二奶奶，不要冤屈了人。」彩雲聽了，不覺紅了臉，一時羞惡之心感發，便說道：「姊姊放心。也不用冤屈好人，我說了罷，傷體面，偷東西，原是趙姨奶奶央告我再三，我拿了些與環哥兒是情真。連太太在家我們還拿過，各人去送人，也是常有的。我原說嚷過兩天就罷了；如今既冤屈了好人，我心也不忍。姊姊竟帶了我回奶奶去，一概應了完事。」

　　眾人聽了這話，一個個都詫異他竟這樣有肝膽。寶玉忙笑道：「彩雲姊姊果然是個正經人。如今也不用你應，我只說我悄悄的偷的嚇你們玩，如今鬧出事來，我原該承認。我只求姊姊們以後省些事，大家就好了。」彩雲道：「我幹的事，為什麼叫你應，死活我該去受。」平兒襲人忙道：「不是這樣說，你一應了，未免又叨登出趙姨奶奶來，那時三姑娘聽了，豈

不又生氣。竟不如寶二爺應了，大家無事；且除這幾
個人，皆不得知道，這樣何等的乾淨！但只以後千萬
大家小心些就是了。要拿什麼，好歹等太太到家；那
怕連房子給了人，我們就沒干係了。」彩雲聽了，低
頭想了想，方依允。

胭脂

【出處】　母女二人看時，卻是些筆、墨、紙、硯，各色箋紙，香袋、香珠、扇子、扇墜、花粉、胭脂等物；外有虎丘帶來的自行人、酒令兒，水銀灌的打金斗小小子，沙子燈，一齣一齣的泥人兒的戲，用青紗罩的匣子裝著；又有在虎丘山上泥捏的薛蟠的小像，與薛蟠毫無相差。（卷六十七）

【釋義】　胭脂也稱臙脂、燕脂、焉支、燕支，為古代婦女化妝及作畫的顏料。關於胭脂的來歷，一說因產自燕國而得名。《史記·匈奴傳·索隱》引習鑿齒〈與燕王書〉曰：「山下有紅藍，北方採取其花，染緋黃，採取其上英鮮者作煙支，婦人採將用為顏色。」紅藍是一種花的名稱，其色素可製胭脂，明宋應星《天工開物》中記述：「燕脂古造法，以紫鉚染綿者為上，紅花汁及山榴花汁者次之。」

〔唐〕花瓣形金胭脂盒

七月三日

憨湘雲醉眠芍藥裀

憨湘雲醉眠芍藥裀　呆香菱情解石榴裙

七月四日

卷六十二

正說著，只見一個小丫頭笑嘻嘻的走來，說：「姑娘們快瞧雲姑娘，吃醉了圖涼快，在山子後頭一塊青石板磴上睡著了。」眾人聽說，都笑道：「快別吵嚷。」說著，都走來看時，果見湘雲臥於山石僻處一個石磴子上，業經香夢沉酣，四面芍藥花飛了一身，滿頭臉衣襟上皆是紅香散亂；手中的扇子在地下，也半被落花埋了，一群蜜蜂蝴蝶鬧嚷嚷的圍著；又用鮫帕包了一包芍藥花瓣枕著。眾人看了，又是愛，又是笑，忙上來推喚挽扶。湘雲口內猶作睡語說酒令，唧唧嚷嚷說：「泉香而酒洌……醉扶歸，宜會親友。」眾人笑推他說道：「快醒醒兒，吃飯去，這潮磴上還睡出病來呢。」

湘雲慢啟秋波，見了眾人，又低頭看了一看自己，方知是醉了。原是納涼避靜的，不覺因多罰了兩杯酒，嬌娜不勝，便睡著了，心中反覺自愧。早有小丫頭端了一盆洗臉水，兩個捧著鏡奩。眾人等著他。便在石磴上重新勻了臉，攏了鬢，連忙起身，同著來至紅香圃中。又吃了兩杯濃茶，探春忙命將醒酒石拿來，給他銜在口內，一時又命他吃了些酸湯，方才覺得好了些。

七月五日

團扇

【出處】 剛要尋別的姊妹去，忽見前面一雙玉色蝴蝶，大如團扇，一上一下，迎風翩躚，十分有趣。寶釵意欲撲了來玩耍，遂向袖中取出扇子來，向草地下來撲。只見那一雙蝴蝶，忽起忽落，來來往往，將欲過河去了。（卷二十七）

【釋義】 一種扇面為圓形或近圓形的有柄的扇子，又稱紈扇、宮扇，扇面多為絲、絹質地，上面繪製或繡有精美畫作，扇柄有竹、木、骨等材質，下端可加扇墜、流蘇等飾物。清王廷鼎《杖扇新錄》：「近世通用素絹，兩面繃之，或泥金、瓷青、湖色，有月圓、腰圓、六角諸式，皆倩名人書畫，柄用梅烙、湘妃、棕竹，亦有洋漆、象牙之類。名曰『團扇』。」

七月六日

小暑

　　《月令七十二候集解》：「六月節。《說文》曰：暑，熱也。就熱之中，分為大小，月初為小，月中為大，今則熱氣猶小也。」小暑三候：一候溫風至，二候蟋蟀居宇，三候鷹始鷙。小暑開始進入伏天，日漸炎熱，人容易心煩乏力，消化道疾病多發，易中暑。所謂「春夏養陽」，夏的五行屬火，對應五臟為心，故此時養生重在養心，應晚睡早起，保持心神安寧愉悅，適當進行舒緩運動，飲食宜清淡，可多吃紅豆、綠豆、薏米、薄荷等調製的飲品或粥，少食冷飲。

〔清〕胤禛耕織圖冊（局部）

七月七日　小暑

壽怡紅群芳開夜宴　死金丹獨豔理親喪

壽怡紅群芳開夜宴
死金丹獨豔理親喪

七月八日

卷六十三

　　寶玉因說：「咱們也該行個令才好。」襲人道：「斯文些才好，別大呼小叫，叫人聽見；二則我們不識字，可不要那些文的。」麝月笑道：「拿骰子咱們搶紅罷。」寶玉道：「沒趣，不好，咱們占花名兒好。」晴雯笑道：「正是，早已想弄這個玩意兒。」襲人道：「這個玩意雖好，人少了沒趣。」春燕笑道：「依我說，咱們竟悄悄的把寶姑娘、雲姑娘、林姑娘請了來，玩一會子，到二更天再睡不遲。」襲人道：「又開門闔戶的鬧，倘或遇見巡夜的問。」寶玉道：「怕什麼，咱們三姑娘也吃酒，再請他一聲才好。還有琴姑娘。」眾人都道：「琴姑娘罷了，他在大奶奶屋裡，叮噹的大發了。」寶玉道：「怕什麼！你們就快請去。」

　　春燕四兒都巴不得一聲，二人忙命開門，分頭去請。晴雯、麝月、襲人三人又說：「他兩個去請，只怕寶林兩個不肯來，須得我們請去，死活拉他來。」於是襲人晴雯忙又命老婆子打個燈籠，二人又去。果然寶釵說：「夜深了。」黛玉說：「身上不好。」他二人再三央求：「好歹給我們一點體面，略坐坐再來。」眾人聽了，卻也歡喜，因想不請李紈，倘或被他知道了，倒不好，便命翠墨同了春燕也再三的請了李紈和寶琴二人，會齊，先後都到了怡紅院中；襲人又死活拉了香菱來。炕上又併了一張桌子，方坐開了。寶玉忙說：「林妹妹怕冷，過這邊靠板壁坐。」

七月九日

又拿了個靠背墊著些。襲人等都端了椅子在炕沿下陪著。黛玉卻離桌遠遠的靠著靠背，因笑向寶釵、李紈、探春等道：「你們日日說人家夜飲聚賭，今日我們自己也如此，以後怎麼說人！」李紈笑道：「這有何妨？一年之中，不過生日節間如此，並沒夜夜如此，這倒也不怕。」

定窯

【出處】 那四十個碟子，皆是一色白彩定窯的，不過只有小茶碟大，裡面不過是山南海北乾鮮水陸的酒饌果菜。（卷六十三）

【釋義】 定窯為宋代五大名窯之一，自唐代開始興起，窯址在今河北曲陽縣，以白瓷著稱，也燒製黑釉（黑定）、醬釉（紫定）和綠釉（綠定）。白彩定窯為定窯燒製的白色瓷器，因其胎土細膩，胎薄光潔，釉色純白溫潤，故稱「粉定」、「白定」。卷四十中所提薛寶釵案上的土定瓶，也是定窯瓷器品種之一，因質地較粗、色微黃而得名。

〔宋〕定窯劃花小洗

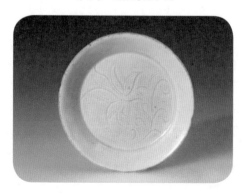

七月十日

幽淑女悲題五美吟　浪蕩子情遺九龍佩

［卷六十四］

幽淑女悲題五美吟　浪蕩子情遺九龍佩

七月十一日

卷六十四

　　一語未了，只見寶釵走來，笑道：「寶兄弟要看什麼？」寶玉因未見上面是何言詞，又不知黛玉心中如何，未敢造次回答，卻望著黛玉笑。黛玉一面讓寶釵坐，一面笑道：「我曾見古史中有才色的女子，終身遭際，令人可欣、可羨、可悲、可嘆者甚多。今日飯後無事，因欲擇出數人，胡亂湊幾首詩，以寄感慨，可巧探丫頭來會我瞧鳳姊姊去，我也身上懶懶的，沒同他去，才將做了五首，一時困倦起來，擱在那裡，不想二爺來了，就瞧見了。其實給他看也到沒有什麼，但只我嫌他是不是的寫給人看去。」寶玉忙道：「我多早晚給人看來呢？昨日那把扇子，原是我愛那幾首白海棠的詩，所以我自己用小楷寫了，不過為的是拿在手中看著便易。我豈不知閨閣中詩詞字跡是輕易往外傳誦不得的？自從你說了我，總沒拿出園子去。」寶釵道：「林妹妹這慮的也是。你既寫在扇子上，偶然忘記了，拿在書房裡去，被相公們看見了，豈有不問是誰做的呢。倘或傳揚開了，反為不美。自古道：『女子無才便是德』，總以貞靜為主，女工還是第二件。其餘詩詞，不過是閨中遊戲，原可以會，可以不會。咱們這樣人家的姑娘，倒不要這些才華的名譽。」因又笑向黛玉道：「拿出來給我看看無妨，只不叫寶兄弟拿出去就是了。」黛玉笑道：「既如此說，連你也可以不必看了。」又指著寶玉笑道：「他早已搶了去了。」寶玉聽了，方自懷內取出，湊至寶釵身旁，一同細看。

七月十二日

雕漆几

【出處】 這裡鳳姐兒已帶著人擺設整齊，上面左右兩張榻，榻上都鋪著錦裀蓉簟，每一榻前有兩張雕漆几，也有海棠式的，也有梅花式的，也有荷葉式的，也有葵花式，也有方的，有圓的，其式不一。（卷四十）

【釋義】 雕漆，在木、金屬（金、銀、銅）、瓷等材料所做器物的胎骨上層層塗漆，積累到相當厚度後，用刀雕刻花紋的工藝，此工藝始於唐代，興於宋、元，盛於明、清，明永樂、宣德兩朝最為興盛。雕漆的雕刻技法圓熟，鏤刻精巧，有平雕、深浮雕、淺浮雕、鏤雕等；根據色彩的不同，有「剔紅」「剔

〔明〕紅漆嵌琺瑯面梅花式香几

七月十三日

黑」、「剔綠」、「剔黃」、「剔彩」等品種，明朝中後期統稱為雕漆。主要運用於文房、酒具、燈具等日用品，以及屏風、茶几等陳設品。

尤三姐思嫁柳二郎

[卷六十五]

賈二舍偷娶尤二姨　尤三姊思嫁柳二郎

七月十四日

卷六十五

　　至次日，二姊兒另備了酒，賈璉也不出門，至午間，特請他妹妹過來與他母親上坐。三姊兒便知其意，剛斟上酒，也不用他姊姊開口，便先滴淚說道：「姊姊今日請我，自然有一番大道理要說；但只我也不是糊塗人，也不用絮絮叨叨的，從前的事情我已盡知，說也無益。既如今姊姊也得了好處安身，媽媽也有了安身之處，我也要自尋歸結去，方是正禮。但終身大事，一生至一死，非同兒戲。向來人家看著咱們娘兒們微息，都安著不知什麼心。我所以破著沒臉，人家才不敢欺負。這如今要辦正事，不是我女孩兒家沒羞恥，必得我揀一個素日可心如意的人，方跟他。若憑你們揀擇，雖是有錢有勢的，我心裡進不去，白過了這一世。」賈璉笑道：「這也容易。憑你說是誰，就是誰。一應彩禮，都有我們置辦，母親也不用操心。」三姊兒道：「姊姊橫豎知道，不用我說。」賈璉笑問二姊兒：「是誰？」二姊兒一時想不起來。賈璉料定必是此人無疑了，便拍手笑道：「我知道這人了。果然好眼力。」二姊兒笑道：「是誰？」賈璉笑道：「別人他如何進得去，一定是寶玉。」二姊兒與尤老娘聽了，也以為必然是寶玉了。三姊兒便啐了一口，說：「我們有姊妹十個，也嫁你弟兄十個不成？難道除了你家，天下就沒有好男人了不成？」眾人聽了都詫異：「除了他，還有那一個？」三姊兒道：「別只在眼前想，姊姊只在五年前想，就是了。」

七月十五日

琺瑯杯

【出處】 李紈、鳳姊二人之几設於三層檻內，二層紗廚之外。攢盒式樣，亦隨几之式樣。每人一把烏銀洋鏨自斟壺，一個十錦琺瑯杯。（卷四十）

【釋義】 琺瑯又稱「洋瓷」，根據製作方法，大致分為掐絲琺瑯（即景泰藍）、嵌胎琺瑯、畫琺瑯等類。據《古月軒瓷考》：「洋瓷自明時已流入，康熙瓷胎畫琺瑯即仿洋瓷，用洋彩法，始以彩料行之。」其特點是瓷質細潤、色澤鮮豔、畫工精緻，繪畫題材多為寓意吉祥的芙蓉鴛鴦、錦雞牡丹、靈芝水仙、梅蘭竹菊，也有山水樓閣等。以盤、碗、杯、瓶、盒、壺等小器型居多，在當時僅為宮廷御用。

〔清〕紅地開光琺瑯彩牡丹紋杯

七月十六日

冷二心
郎冷
入
空
門

[卷六十六]

情小妹恥情歸地府　冷二郎一冷入空門

七月十七日

卷六十六

那尤三姐在房明明聽見。好容易等了他來，今忽見返悔，便知他在賈府中聽了什麼話來，把自己也當做淫奔無恥之流，不屑為妻。今若容他出去和賈璉說退親，料那賈璉不但無法可處，就是爭辯起來，自己也無趣味。一聽賈璉要同他出去，連忙摘下劍來，將一股雌鋒隱在肘後，出來便說：「你們也不必出去再議，還你的定禮！」一面淚如雨下，左手將劍並鞘送與湘蓮，右手回肘，只往項上一橫，可憐：

揉碎桃花紅滿地，玉山傾倒再難扶！

當下唬的眾人急救不迭。……湘蓮反不動身……大哭一場，等買了棺木，眼見著入殮，又撫棺大哭一場，方告辭而去。出門正無所之，昏昏默默，自想方才之事：「原來這樣標緻人，又這等剛烈！」自悔不及，信步行來，也不知了。

正走之間，只聽得隱隱一陣環佩之聲，尤三姐從那邊來了，一手捧著鴛鴦劍，一手捧著一卷冊子，向湘蓮哭道：「妾癡情待君五年，不期君果『冷心冷面』，妾以死報此癡情。妾今奉警幻仙姑之命，前往太虛幻境，修注案中所有一干情鬼。妾不忍相別，故來一會，從此再不能相見矣。」說畢，又向湘蓮灑了幾點眼淚，便要告辭而行。湘蓮不捨，忙欲上來拉住問時，那尤三姐一摔手，便自去了。這裡湘蓮放聲大哭，不覺自夢中哭醒，似夢非夢，睜眼看時，竟是一

七月十八日

座破廟，旁邊坐著一個瘸腿道士捕虱。湘蓮便起身稽首相問：「此係何方？仙師何號？」道士笑道：「連我也不知道此係何方，我係何人。不過暫來歇腳而已。」柳湘蓮聽了，冷然如寒冰侵骨。掣出那股雄劍來，將萬根煩惱絲，一揮而盡，便隨那道士，不知往那裡去了。

朝珠

【出處】 見賈政同司員登記物件，一人報說：「玉玩三十二件。帶頭九副。銅錫等物五百餘件。鐘錶十八件。朝珠九掛。各色妝蟒三十四件。」（卷一百五）

【釋義】 清代官員朝服上的一種配飾，共一〇八顆珠，以用珠和絛色區別官品大小和地位高低，其中束珠和明黃色絛只有皇帝、皇后和皇太后才能使用。清朝文官五品、武官四品以上（包括五品以上命婦），皆得懸掛。清徐珂《清稗類鈔·服飾類》：「五品以上文官，皆得掛朝珠。珠以珊瑚、金珀、蜜蠟、象牙、奇楠香等物為之，其數一百有八粒，懸於胸前。有小者三串，兩串則男左女右，一串則女左男右。又有後引，垂於背。本即念珠。滿洲重佛教，以此為飾，故又曰數珠。」

七月十九日

見土儀顰卿思故里　聞秘事鳳姐訊家童

［卷六十七］

見土儀顰卿思故里　聞秘事鳳姐訊家童

七月廿日

卷六十七

　　卻說興兒正在帳房兒裡和小廝們玩呢，聽見說「二奶奶叫」，先唬了一跳，卻也想不到是這件事發作了，連忙跟著旺兒進來。旺兒先進去，回說：「興兒來了。」鳳姊兒屬聲道：「叫他！」那興兒聽見這個聲音兒，早已沒了主意了，只得作著膽子進來。鳳姊兒一見便說：「好小子啊！你和你爺辦的好事啊！你只實說罷。」興兒一聞此言，又看見鳳姊兒氣色，及兩邊丫頭們的光景，早唬軟了，不覺跪下，只是磕頭。鳳姊兒道：「論起這事來，我也聽見說不與你相干，但只你不早來回我知道，這就是你的不是了。你要實說了，我還饒你；再有一字虛言，你先摸摸你腔子上幾個腦袋瓜子！」興兒戰兢兢的朝上磕頭道：「奶奶問的是什麼事，奴才和爺辦壞了？」鳳姊聽了，一腔火都發作起來，喝命：「打嘴巴！」旺兒過來才要打時，鳳姊兒罵道：「什麼糊塗忘八崽子！叫他自己打，用你打嗎！一會子你再各人打你那嘴巴子還不遲呢。」那興兒真個自己左右開弓，打了自己十幾個嘴巴。鳳姊兒喝聲「站住」，問道：「你二爺外頭娶了什麼『新奶奶』『舊奶奶』的事，你大概不知道啊！」興兒見說出這件事來，越發著了慌，連忙把帽子抓下來，在磚地上咕咚咕咚碰的頭山響，口裡說道：「只求奶奶超生，奴才再不敢撒一個字兒的謊。」鳳姊道：「快說！」

七月廿一日

六安茶

【出處】 賈母道:「我不吃六安茶。」妙玉笑說:
「知道。這是『老君眉』。」賈母接了,又問:「是
什麼水?」妙玉道:「是舊年蠲的雨水。」賈母便吃
了半盞,笑著遞與劉姥姥,說:「你嘗嘗這個茶。」
(卷四十一)

【釋義】 六安茶,安徽名茶。明許次紓《茶疏》
云:「天下名山,必產靈草。江南地暖,故獨宜茶。
大江以北,則稱六安,然六安乃其郡名,其實產霍山
縣之大蜀山也。茶生最多,名品亦振。河南山陝人皆
用之,南方謂其能消垢膩,去積滯,亦甚寶愛。」六
安茶歷史悠久,相傳秦漢時期即開始種植,唐宋年間
產量頗豐,明清時期為貢品。

七月廿二日

大暑

《月令七十二候集解》：「六月中。解見小暑。」大暑三候：一候腐草為螢，二候土潤溽暑，三候大雨時行。大暑處於一年中最熱的中伏期間，俗話說「熱不過三伏」，「伏」為隱伏之意，此時暑熱逼人，易中暑，所以應盡量減少室外活動。養生方面，注重養陰益氣，調息靜心，及時補充水分。可用綠豆、百合、淮山、薏米等熬粥食用，有健脾養胃、補陰生津之功效。

〔清〕胤禛耕織圖冊（局部）

七月廿三日　大暑

苦尤娘賺入大觀園

【卷六十八】

苦尤娘賺入大觀園　酸鳳姐大鬧寧國府

七月廿四日

卷六十八

鳳姐聽了，便命周瑞家的記清，好生看管著，抬到東廂房去。於是催著尤二姐急忙穿戴了，二人攜手上車，又同坐一處，又悄悄的告訴他：「我們家的規矩大。這事老太太、太太一概不知，倘或知道二爺孝中娶你，管把他打死了。如今且別見老太太、太太。我們有一個花園子極大，姊妹們住著，容易沒人去的。你這一去，且在園子裡住兩天，等我設個法子，回明白了，那時再見方妥。」尤二姐道：「任憑姊姊裁處。」那些跟車的小廝們皆是預先說明的，如今不進大門，只奔後門來。下了車，趕散眾人，鳳姐便帶了尤氏進了大觀園的後門，來到李紈處相見了。

彼時大觀園中十停人已有九停人知道了。今忽見鳳姐帶了進來，引動眾人來看問。尤二姐一一見過。眾人見他標緻和悅，無不稱揚。鳳姐一一的吩咐了眾人：「都不許在外走了風聲，若老太太、太太知道，我先叫你們死！」園中婆子丫頭都素懼鳳姐的，又係賈璉國孝家孝中所行之事，知道關係非常，都不管這事。鳳姐悄悄的求李紈收養幾日：「等回明了，我們自然過去的。」李紈見鳳姐那邊已收拾房屋，況在服中不好倡揚，自是正理，只得收下權住。鳳姐又便去將他的丫頭一概退出，又將自己的一個丫頭送他使喚，暗暗吩咐園中媳婦們：「好生照看著他。若有走失逃亡，一概和你們算帳！」自己又去暗中行事，不提。且說合家之人，都暗暗的納罕，說：「看他如

何這等賢慧起來了？」那尤二姊得了這個所在，又見
園中姊妹個個相好，倒也安心樂業的，自為得所。

沉香拐杖

【出處】 原來賈母的是金玉如意各一柄，沉香拐杖一根，伽楠念珠一串，「富貴長春」宮緞四匹，「福壽綿長」宮綢四匹，紫金「筆錠如意」錁十錠，「吉慶有魚」銀錁十錠。（卷十八）

【釋義】 用沉香木製作的拐杖。沉香又名沉水香、沉香木、白木香、莞香等，是瑞香科植物樹心部分受真菌感染刺激後，大量分泌的樹脂與木質的混合物，燃燒時能發出濃烈香氣，質硬，大多不沉於水，主產於海南、越南、馬來西亞、印度、泰國等地。沉香木是珍貴的木材，通常用於提取香料，或雕刻成手串、擺件等工藝品，也是一味上等中藥。

七月廿六日

弄小巧用
借劍殺人

[卷六十九]

弄小巧用借劍殺人　覺大限吞生金自逝

七月廿七日

卷六十九

眾人見賈母不喜，不免又往上踏踐起來。弄得這尤二姊要死不能，要生不得。還是虧了平兒時常背著鳳姊與他排解。

那尤二姊原是「花為腸肚，雪作肌膚」的人，如何經得這般磨折？不過受了一月的暗氣，便懨懨得了一病，四肢懶動，茶飯不進，漸次黃瘦下去。夜來合上眼，只見他妹妹手捧鴛鴦寶劍，前來說：「姊姊，你為人一生心癡意軟，終久吃了虧。休信那妒婦花言巧語，外作賢良，內藏奸滑。他發恨定要弄你一死方罷。若妹子在世，斷不肯令你進來；就是進來，亦不容他這樣。此亦係理數應然，只因你前生淫奔不才，使人家喪倫敗行，故有此報。你速依我，將此劍斬了那妒婦，一同歸至警幻案下，聽其發落。不然，你則白白的喪命，且無人憐惜。」尤二姊哭道：「妹妹，我一生品行既虧，今日之報，既係當然，何必又生殺戮之冤。」三姊兒聽了，長嘆而去。尤二姊驚醒，卻是一夢。等賈璉來看時，因無人在側，便哭著合賈璉說：「我這病不能好了。我來了半年，腹中已有身孕，但不能預知男女。倘老天見憐，生了下來還可；若不然，我的命還不能保，何況於他。」賈璉亦哭說：「你只放心，我請名人來醫治。」於是出去，即刻請醫生。

七月廿八日

纓絡

【出處】 及至進來，原來是一個青年公子，頭上戴著束髮嵌寶紫金冠，齊眉勒著二龍搶珠金抹額，一件二色金百蝶穿花大紅箭袖，束著五彩絲攢花結長穗宮絛；外罩石青起花八團倭緞排穗褂，登著青緞粉底小朝靴；面若中秋之月，色如春曉之花，鬢若刀裁，眉如墨畫，鼻如懸膽，睛若秋波，雖怒時而似笑，即視而有情；項上金螭纓絡，又有一根五色絲絛，繫著一塊美玉。（卷三）

【釋義】 用也作瓔珞，指用珠、玉串成的項飾。最初為印度佛像頸間的飾物，後隨佛教傳入中國，唐代時經過改進，變成了一種項飾。《妙法蓮華經》中，提到由金、銀、琉璃、硨磲、瑪瑙、真珠、玫瑰等七寶合成眾華瓔珞。

七月廿九日

史湘雲偶填
柳絮詞

[卷七十]

林黛玉重建桃花社　史湘雲偶填柳絮詞

七
月
卅
日

卷七十

時值暮春之際，湘雲無聊，因見柳花飄舞，便偶成一小令，調寄〈如夢令〉。其詞曰：

豈是繡絨才吐，卷起半簾香霧。纖手自拈來，空使鵑啼燕妒。且住，且住！莫使春光別去。

自己做了，心中得意，便用一條紙兒寫好，給寶釵看了，又來找黛玉。黛玉看畢，笑道：「好新鮮，有趣兒，我卻不能。」湘雲說道：「咱們這幾社總沒有填詞，你明日何不起社填詞，豈不新鮮些。」黛玉聽了，偶然興動，便說：「這話也倒是。」湘雲道：「咱們趁今日天氣好，為什麼不就是今日？」黛玉道：「也使得。」說著，一面吩咐預備了幾色果點，一面就打發人分頭去請。

這裡二人便擬了「柳絮」為題，又限出幾個調來，寫了黏在壁上。眾人來看時：「以柳絮為題，限各色小調。」又都看了湘雲的，稱賞了一回。寶玉笑道：「這詞上我倒平常，少不得也要胡謅起來。」於是大家拈鬮。寶釵炷了一支「夢甜香」，大家思索起來。一時，黛玉有了，寫完。接著寶琴也忙寫出來。寶釵笑道：「我已有了。瞧了你們的，再看我的。」探春笑道：「今兒這香怎麼這樣快！我才有了半首。」因又問寶玉：「你可有了？」寶玉雖做了些，自己嫌不好，又都抹了，要另作；回頭看，香已盡了。李紈等笑道：「寶玉又輸了。蕉丫頭的呢？」探春聽說，便寫出來。

七月卅一日

捌
月

鴛鴦女無意過鴛鴦

[卷七十一]

嫌隙人有心生嫌隙　鴛鴦女無意遇鴛鴦

八月一日

卷七十一

　　且說鴛鴦一徑回來，剛至園門前，只見角門虛掩，猶未上閂。此時園內無人來往，只有該班的房內燈光掩映，微月半天。鴛鴦又不曾有伴，也不曾提燈，獨自一個，腳步又輕，所以該班的人皆不理會。偏要小解，因下了甬路，找微草處走動，行至一塊湘山石後大桂樹底下來。剛轉至石後，只聽一陣衣衫響，嚇了一驚不小。定睛一看，只見是兩個人在那裡，見他來了，便想往樹叢石後藏躲。鴛鴦眼尖，趁著半明的月色，早看見一個穿紅裙子梳鬅頭、高大豐壯身材的，是迎春房裡的司棋。鴛鴦只當他和別的女孩子也在此方便，見自己來了，故意藏躲，嚇著玩耍，因便笑叫道：「司棋，你不快出來，嚇著我，我就喊起來，當賊拿了。這麼大丫頭，也沒個黑家白日只是玩不夠。」

　　這本是鴛鴦戲語，叫他出來。誰知他賊人膽虛，只當鴛鴦已看見他的首尾了，生恐叫喊出來，使眾人知覺，更不好；且素日鴛鴦又和自己親厚，不比別人，便從樹後跑出來，一把拉住鴛鴦，便雙膝跪下，只說：「好姊姊，千萬別嚷！」鴛鴦反不知他為什麼，忙拉他起來，問道：「這是怎麼說？」司棋只不言語，拿手帕拭淚。鴛鴦越發不解，再瞧了一瞧，又有一個人影兒，恍惚像個小廝，心下便猜著了八九分，自己反羞的心跳耳熱，又怕起來。因定了一會，忙悄問：「那一個是誰？」司棋又跪下道：「是我姑

八月二日

舅兄弟。」鴛鴦啐了一口，卻羞的一句話也說不出
來。司棋又回頭悄叫道：「你不用藏著，姊姊已經看
見了，快出來磕頭。」那小廝聽了，只得也從樹後跑
出來，磕頭如搗蒜。鴛鴦忙要回身，司棋拉住苦求，
哭道：「我們的性命，都在姊姊身上，只求姊姊超生
我們罷！」鴛鴦道：「你不用多說了，快叫他去罷，
橫豎我不告訴人就是了。你這是怎麼說呢！」

百壽圖

【出處】 鳳姐兒道:「共有十六家。有圍屏，有十二架大的，四架小的炕屏。內中只有江南甄家一架大屏，十二扇大紅緞子刻絲『滿床笏』、一面泥金『百壽圖』是頭等。還有粵海將軍鄔家一架玻璃的還罷了。」(卷七十一)

〔清〕十二美人圖

八月三日

【釋義】 指用一百個不同字體的「壽」字所組成的圖案，也有在一個大「壽」字中寫滿各種字體的小「壽」字的，通常為篆、隸、楷、行、草等幾種字體兼有，無一雷同，主要作為祝壽之用。清翟灝《通俗編》：「《湧幢小品》云：『御史張敷之，家藏大壽字一幅，自其始祖所遺，字高四尺有七寸，楷體黑文，其點畫中，皆小壽字，白文作別體，滿百，無一同者。』據此，則百壽圖，亦自明以來，始行於世。」

王熙鳳恃強羞說病
來旺婦恃勢霸成親

[卷七十二]

王熙鳳恃強羞說病　　來旺婦恃勢霸成親

八月四日

卷七十二

　　鴛鴦悄問道：「你奶奶這兩日是怎麼了？我近來看著他懶懶的。」平兒見問，因房內無人，便嘆道：「他這懶懶的，也不止今日了，這有一月之先，便是這樣的。這幾日忙亂了幾天，又受了些閑氣，從新又勾起來；這兩日比先又添了些病，所以支不住，便露出馬腳來了。」鴛鴦道：「既這樣，怎麼不早請大夫治？」平兒嘆道：「我的姊姊，你還不知道他那脾氣的，別說請大夫來吃藥；我看不過，白問一聲『身上覺怎麼樣』，他就動了氣，反說我咒他病了。饒這樣，天天還是察三訪四。自己再不看破些且養身子。」鴛鴦道：「雖然如此，到底該請大夫來瞧瞧是什麼病，也都好放心。」平兒嘆道：「說起病來，據我看，也不是什麼小症候。」鴛鴦忙道：「是什麼病呢？」平兒見問，又往前湊了一湊，向耳邊說道：「只從上月行了經之後，這一個月，竟瀝瀝淅淅的沒有止住。可是大病不是？」鴛鴦聽了忙答應道：「噯喲！依這麼說，這可不成了『血山崩』了嗎？」平兒忙啐了一口，又悄笑道：「你個女孩兒家，這是怎麼說，你倒會咒人的！」鴛鴦見說，不禁紅了臉，又悄笑道：「究竟我也不知什麼是崩不崩的，你倒忘了不成，先我姊姊不是害這病死了。我也不知是什麼病，因無心聽見媽和親家媽說，我還納悶，後來聽見原故，才明白了一二分。」

八月五日

癡丫頭誤拾繡春囊

[卷七十三]

癡丫頭誤拾繡春囊　懦小姐不問累金鳳

八月六日

卷七十三

　　邢夫人在王夫人處坐了一回，也要到園內走走。剛至園門前，只見賈母房內的小丫頭子名喚傻大姊的，笑嘻嘻走來，手內拿著個花紅柳綠的東西，低頭瞧著只管走，不防迎頭撞見邢夫人，抬頭看見，方才站住。邢夫人因說：「這傻丫頭，又得個什麼愛巴物兒，這樣歡喜？拿來我瞧瞧。」

　　原來這傻大姊年方十四五歲，是新挑上來的，與賈母這邊專做粗活。因他生得體肥面闊，兩隻大腳，做粗活爽利簡捷，且心性愚頑，一無知識，出言可以發笑，賈母歡喜，便起名為「傻大姊」。若有錯失，也不苛責他。無事時，便入園內來玩耍。正往山石背後掏促織去，忽見一個五彩繡香囊，上面繡的並非花鳥等物，一面卻是兩個人，赤條條的相抱，一面是幾個字。這癡丫頭原不認得是春意兒，心下打量：「敢是兩個妖精打架？不就是兩口子打架呢。」左右猜解不來，正要拿去與賈母看呢，所以笑嘻嘻走回。忽見了邢夫人如此說，便笑道：「太太真個說的巧，真個是愛巴物兒！太太瞧一瞧。」說著，便送過去。邢夫人接來一看，嚇得連忙死緊攥住，忙問：「你是那裡得的？」傻大姊道：「我掏促織兒，在山子石後頭揀的。」邢夫人道：「快別告訴人，這不是好東西，連你也要打死呢。因你素日是傻丫頭，以後再別提了。」這傻大姊聽了，反嚇得黃了臉，說：「再不敢了。」磕了頭，呆呆而去。

八月七日

立秋

《月令七十二候集解》：「七月節。立字解見春。秋，揫也。物於此而揫斂也。」立秋三候：一候涼風至，二候白露生，三候寒蟬鳴。此時陽氣收斂，陰氣漸長，在養生方面，「宜收不宜散」，應順應陽氣之收斂，早臥早起，保持情緒安寧，活動宜舒緩。立秋時氣候冷暖多變，飲食應注意潤燥、補肺、養陰、健胃，少辛辣，多食酸，如蓮藕、南瓜、紅棗、核桃、芝麻、山藥、銀耳、百合、蜂蜜、杏仁等都是食療佳品。在古代，立秋這日要舉行祭祀儀式，現在各地仍有啃秋、稱人、貼秋膘的習俗。

〔清〕胤禛耕織圖冊（局部）

八月八日　立秋

避嫌陳杜絕寧國府

[卷七十四]

惑奸讒抄檢大觀園　避嫌隙杜絕寧國府

八月九日

卷七十四

　　這裡鳳姐合王善保家的又到探春院內，誰知早有人報與探春了。探春也就猜著必有原故，所以引出這等醜態來，遂命眾丫鬟秉燭開門而待。一時眾人來了，探春故問：「何事？」鳳姐笑道：「因丟了一件東西，連日訪察不出人來，恐怕旁人賴這些女孩子們，所以大家搜一搜，使人去疑兒，倒是洗淨他們的好法子。」探春笑道：「我們的丫頭，自然都是些賊，我就是頭一個窩主。既如此，先來搜我的箱櫃，他們所偷了來的，都交給我藏著呢。」說著，便命丫鬟們把箱一齊打開，將鏡奩、妝盒、衾袱、衣包若大若小之物，一齊打開，請鳳姐去抄閱。鳳姐陪笑道：「我不過是奉太太的命來，妹妹別錯怪了我。」因命丫鬟們：「快快給姑娘關上。」

　　平兒豐兒等先忙著替待書等關的關，收的收。探春道：「我的東西，倒許你們搜閱；要想搜我的丫頭，這卻不能。我原比眾人歹毒，凡丫頭所有的東西，我都知道，都在我這裡間收著，一針一線，他們也沒得收藏。要搜，所以只來搜我。你們不依，只管去回太太，只說我違背了太太，該怎麼處治，我去自領。你們別忙，自然你們抄的日子有呢！你們今日早起不是議論甄家，自己盼著好好的抄家，果然今日真抄了。咱們也漸漸的來了。可知這樣大族人家，若從外頭殺來，一時是殺不死的，這可是古人說的，『百足之蟲，死而不僵』，必須先從家裡自殺自滅起來，才能一敗塗地呢！」說著，不覺流下淚來。

八月十日

拔步床

【出處】 東邊便設著臥榻拔步床，上懸著蔥綠雙繡花卉草蟲的紗帳。（卷四十）

【釋義】 也作「八步床」，是一種高腳大架的臥床。床放置在平座上，床前留空二至三尺，有雕鏤的紗櫥及踏步，床兩邊有兩座小櫃，與前面的床門圍子形成一個廊屋。放下床帳，床內便是一個生活空間，化妝、更衣、便溺都可以在帳內進行。如今江南民間仍有使用。

八月十一日

開夜宴異兆發悲音　賞中秋新詞得佳讖

[卷七十五]

八月十二日

卷七十五

於是又擊鼓，便從賈政傳起，可巧傳到寶玉手中鼓止。寶玉因賈政在坐，早已跼蹐不安，偏又在他手中，因想：「說笑話，倘或說不好了，又說沒口才；若說好了，又說正經的不會，只慣貧嘴，更有不是，不如不說好。」乃起身辭道：「我不能說笑話，求限別的罷。」賈政道：「既這樣，限一個『秋』字，就即景做一首詩。好便賞你；若不好，明日仔細。」賈母忙道：「好好的行令，如何又做詩？」賈政陪笑道：「他能的。」賈母聽說：「既這樣，就做，快命人取紙筆來。」賈政道：「只不許用這些『水』『晶』『冰』『玉』『銀』『彩』『光』『明』『素』等堆砌字樣。要另出主見，試試你這幾年情思。」寶玉聽了，碰在心坎兒上，遂立想了四句，向紙上寫了，呈與賈政看。賈政看了，點頭不語。賈母見這般，知無甚不好，便問：「怎麼樣？」賈政因欲賈母喜歡，便說：「難為他。只是不肯念書，到底詞句不雅。」賈母道：「這就罷了。就該獎勵，以後越發上心了。」賈政道：「正是。」因回頭命個老嬤嬤出去，「吩咐小廝們，把我海南帶來的扇子取來給兩把與寶玉。」寶玉磕了一個頭，仍復歸坐行令。當下賈蘭見獎勵寶玉，他便出席，也做一首，呈與賈政看。賈政看了，喜不自勝。遂並講與賈母聽時，賈母也十分歡喜，也忙令賈政賞他。

八月十三日

瑪瑙枕

【出處】 襲人道:「老太太多著一個香玉如意,一個瑪瑙枕。老爺、太太、姨太太的,只多著一個香玉如意。你的同寶姑娘的一樣。林姑娘同二姑娘、三姑娘、四姑娘只單有扇子和數珠兒,別的都沒有。大奶奶、二奶奶他兩個是每人兩匹紗,兩匹羅,兩個香袋兒,兩個錠子藥。」(卷二十八)

【釋義】 即用瑪瑙製成的枕頭。瑪瑙是一種玉髓礦石,種類十分豐富,有「千種瑪瑙萬種玉」之說,尤以紅瑪瑙為貴。瑪瑙可入藥,性辛,寒,無毒。《本草綱目拾遺》云其「主辟惡,熨目赤爛」,夏日使用瑪瑙枕頭,可清熱解毒、涼血明目。

〔金〕白釉剔花花鳥紋枕

八月十四日

凹晶館聯詩悲寂寞

[卷七十六]

凸碧堂品笛感淒清　凹晶館聯詩悲寂寞

八月十五日

卷七十六

　　湘雲方欲聯時，黛玉指池中黑影與湘雲看道：「你看那河裡，怎麼像個人到黑影裡去了，敢是個鬼？」湘雲笑道：「可是又見鬼了。我是不怕鬼的，等我打他一下。」因彎腰拾了一塊小石片，向那池中打去，只聽打得水響，一個大圓圈將月影激蕩，散而復聚者幾次。只聽那黑影裡「嘎」的一聲，卻飛起一個白鶴來，直往藕香榭去了。黛玉笑道：「原是他，猛然想不到，反嚇了一跳。」湘雲笑道：「正是這個鶴有趣，倒助了我了。」因聯道：

　　窗燈焰已昏。寒塘渡鶴影，

　　黛玉聽了，又叫好，又跺足，說：「了不得，這鶴真是助他的了！這一句更比『秋湍』不同，叫我對什麼才好？『影』字只有一個『魂』字可對，況且『寒塘渡鶴』，何等自然，何等現成，何等有景，且又新鮮，我竟要擱筆了。」湘雲笑道：「大家細想就有了，不然，就放著明日再聯也可。」黛玉只看天，不理他，半日，猛然笑道：「你不必撈嘴，我也有了，你聽聽。」因對道：

　　冷月葬詩魂。

　　湘雲拍手讚道：「果然好極，非此不能對。好個『葬詩魂』！」因又嘆道：「詩固新奇，只是太頹喪了些。你現病著，不該作此過於淒清奇譎之語。」黛

八月十六日

玉笑道：「不如此，如何壓倒你。只為用工在這一句
了。」

棗泥山藥糕

【出處】 秦氏說：「好不好，春天就知道了。如今現過了冬至，又沒怎麼樣，或者好的了也未可知。嬸子回老太太、太太放心罷。昨日老太太賞的那棗泥餡的山藥糕，我倒吃了兩塊，倒像克化的動似的。」

（卷十一）

【釋義】 棗有補脾和胃、益氣生津、養血安神等作用，山藥有補脾養胃、補中益氣、滋陰等功效。明《宋氏養生部》記錄山藥糕的製法：「山藥蒸熟去皮，切片暴燥，磨細，計六升；白糯米新起淅，碓粉，計四升，白砂糖二斤，蜜水溲之，復碓，篩甑中，隨界之，蒸粉熟為度，宜火炙。」

八月十七日

美優伶斬情賜死

［卷七十七］

俏丫鬟抱屈夭風流　美優伶斬情歸水月

八月十八日

卷七十七

　　兩三句話時，晴雯才哭出來。寶玉拉著他的手，只覺瘦如枯柴，腕上猶戴著四個銀鐲。因哭道：「除下來，等好了再戴上去罷。」又說：「這一病好了，又傷好些。」晴雯拭淚，把那手用力拳回，擱在口邊，狠命一咬，只聽「咯吱」一聲，把兩根蔥管一般的指甲，齊根咬下，拉了寶玉的手，將指甲擱在他手中；又回手扎掙著，連揪帶脫，在被窩內，將貼身穿著的一件舊紅綾小襖兒脫下，遞給寶玉。不想虛弱透了的人，那裡禁得這麼抖摟，早喘成一處了。

　　寶玉見他這般，已經會意，連忙解開外衣，將自己的襖兒褪下來，蓋在他身上，卻把這件穿上；不及扣紐子，只用外頭衣服掩了。剛繫腰時，只見晴雯睜眼道：「你扶我起來坐坐。」寶玉只得扶他。那裡扶的起，好容易欠起半身，晴雯伸手把寶玉的襖兒往自己身上拉。寶玉連忙給他披上，拖著胳膊，伸上袖子，輕輕放倒，然後將他的指甲裝在荷包裡。晴雯哭道：「你去罷！這裡腌臢，你那裡受得，你的身子要緊。今日一來，我就死了，也不枉擔了虛名。」

八月十九日

乞巧節

起源於漢代，東晉葛洪《西京雜記》云：「漢彩女常以七月七日穿七孔針於開襟樓，人俱習之。」七月初七夜晚，穿著新衣的少女們聚在庭院裡舉行各種活動，向織女乞求智慧靈巧。清潘榮陛《帝京歲時紀勝》：「幼女於盂水曝日下，各投小針，浮之水面，徐視水底日影，或散如花，動如雲，細如線，粗如椎，因以卜女之巧。街市賣巧果，人家設宴，兒女對銀河拜，咸為乞巧。」這天又稱「七夕節」，相傳

〔清〕陳枚　月曼清遊圖（局部）

是牛郎織女相會的日子。王熙鳳之女大姐兒恰好這天
生日，因嫌日子不好，請劉姥姥起個吉利名字，劉姥
姥道：「就叫他巧哥兒。……日後大了，各人成家立
業，或一時有不遂心的事，必然是遇難成祥，逢凶化
吉，卻從這個巧字上來。」

痴公子杜撰
芙蓉誄

[卷七十八]

老學士微媿嬺嬺詞　癡公子杜撰芙蓉誄

八月廿一日

卷七十八

　　眾人皆無別話,不過至晚安歇而已。獨有寶玉,一心淒楚,回至園中,猛見池上芙蓉,想起小丫鬟說晴雯做了芙蓉之神,不覺又喜歡起來,乃看著芙蓉,嗟嘆了一會。忽又想起:「死後並未至靈前一祭,如今何不在芙蓉前一祭,豈不盡了禮?」想畢,便欲行禮。忽又止道:「雖如此,亦不可太草率了,須得衣冠整齊,奠儀周備,方為誠敬。」想了一想:「古人云,『潢污行潦,蘋藻蘋蘩之賤,可以羞王公,薦鬼神。』原不在物之貴賤,只在心之誠敬而已。然非自作一篇誄文,這一段淒慘酸楚,竟無處可以發洩了。」因用晴雯素日所喜之冰鮫縠一幅,楷字寫成,名曰〈芙蓉女兒誄〉,前序後歌;又備了晴雯所喜的四樣吃食。於是黃昏人靜之時,命那小丫頭捧至芙蓉前,先行禮畢,將那誄文即掛於芙蓉枝上,乃泣涕念曰:

　　……

　　若夫鴻蒙而居,寂靜以處,雖臨於茲,余亦莫睹。搴煙蘿而為步障,列蒼蒲而森行伍。警柳眼之貪眠,釋蓮心之味苦。素女約於桂岩,宓妃迎於蘭渚。弄玉吹笙,寒簧擊敔。徵嵩岳之妃,啟驪山之姥。龜呈洛浦之靈,獸作咸池之舞。潛赤水兮龍吟,集珠林兮鳳翥。愛格愛誠,匪簠匪簋。發軔乎霞城,還旌乎玄圃,既顯微而若逝,復氤氳而倏阻。離合兮煙雲,

八月廿二日

空濛兮霧雨。塵霾斂兮星高，溪山麗兮月午。何心意
之怲怲，若寤寐之栩栩？余乃欷歔悵怏，泣涕彷徨。
人語兮寂歷，天籟兮篔簹。鳥驚散而飛，魚喋喋以
響。志哀兮是禱，成禮兮期祥。嗚呼哀哉！尚饗！

　　讀畢，遂焚帛奠茗，依依不捨。小丫鬟催至再
四，方才回身。

處暑

《月令七十二候集解》:「七月中,處,止也,暑氣至此而止矣。」處暑三候:一候鷹乃祭鳥,二候天地始肅,三候禾乃登。此時,氣候處於冷熱交替的階段,秋意漸濃,人容易陷入「悲秋」的情緒,因此要注意保持心神安寧,情緒平和,早睡早起,選擇運動量較小的活動。飲食方面,少食蔥、薑、蒜等辛味食物,多吃銀耳、百合、蓮子、芝麻、豆類、新鮮蔬果,有助於潤肺、健脾、養陰。

〔清〕胤禛耕織圖冊(局部)

八月廿三日　處暑

薛文起悔娶河東吼

[卷七十九]

薛文龍悔娶河東吼　賈迎春誤嫁中山狼

八月廿四日

卷七十九

　　原來這夏家小姊今年方十七歲，生得亦頗有姿色，亦頗識得幾個字。若論心裡的邱壑涇渭，頗步熙鳳的後塵。只吃虧了一件，從小時，父親去世的早，又無同胞兄弟，寡母獨守此女，嬌養溺愛，不啻珍寶，凡女兒一舉一動，他母親皆百依百順，因此未免釀成個盜跖的情性，自己尊若菩薩，他人穢如糞土；外具花柳之姿，內秉風雷之性。在家中和丫鬟們使性賭氣，輕罵重打的。今日出了閣，自為要作當家的奶奶，比不得做女兒時靦腆溫柔，須要拿出威風來，才鈐壓的住人；況且見薛蟠氣質剛硬，舉止驕奢，若不趁熱灶一氣炮製，將來必不能自豎旗幟矣。又見有香菱這等一個才貌俱全的愛妾在室，越發添了那「宋太祖滅南唐」之意。因他家多桂花，小名就叫做金桂。他在家時，不許人口中帶出「金」「桂」二字，凡有不留心誤道出一字者，他便定要苦打重罰才罷。他因想「桂花」二字是禁止不住的，須得另換一名，想桂花曾有廣寒嫦娥之說，便將桂花改為「嫦娥花」，又寓自己身分如此。薛蟠本是個憐新棄舊的人，且是有酒膽無飯力的，如今得了這一個妻子，正在新鮮興頭上，凡事未免盡讓他些。那夏金桂見是這般形景，便也試著一步緊似一步。一月之中，二人氣概都還相平；至兩月之後，便覺薛蟠的氣概漸次的低矮了下去。

八月廿五日

碧紗廚

【出處】 當下奶娘來問黛玉之房舍，賈母便說：
「將寶玉挪出來，同我在套間暖閣裡；把你林姑娘暫
安置碧紗廚裡，等過了殘冬，春天再與他們收拾房
屋，另作一番安置罷。」（卷三）（卷十一）

【釋義】 即碧紗櫥，一說為古代室內裝修中隔斷的
一種，亦稱隔扇門、格門，可以隨時插裝、拆卸，
隔扇上有精美雕花，格心雙面糊各色紗，故名「碧紗
廚」。一說為幃幛類的陳設，以木頭為框架，四周和
頂蒙上碧紗，可折疊，夏季可撐開置於室內或院中，
人可坐臥其中，避蚊蠅，納涼。

〔元〕錢選 宮幃習妓圖

八月廿六日

王道士胡謅妒媍方

[卷八十]

美香菱屈受貪夫棒　王道士胡謅妒婦方

八月廿七日

卷八十

　　寶玉道：「我問你，可有貼女人的妒病的方子沒有？」王一貼聽了，拍手笑道：「這可罷了，不但說沒有方子，就是聽也沒有聽見過。」寶玉笑道：「這樣還算不得什麼。」王一貼又忙道：「這貼妒的膏藥倒沒經過，有一種湯藥，或者可醫，只是慢些兒，不能立刻見效的。」寶玉道：「什麼湯，怎麼吃法？」王一貼道：「這叫做『療妒湯』：用極好的秋梨一個，二錢冰糖，一錢陳皮，水三碗，梨熟為度。每日清晨吃這一個梨，吃來吃去就好了。」寶玉道：「這也不值什麼。只怕未必見效。」王一貼道：「一劑不效，吃十劑；今日不效，明日再吃；今年不效，明年再吃。橫豎這三味藥都是潤肺開胃不傷人的，甜絲絲的，又止咳嗽，又好吃。吃過一百歲，人橫豎是要死的，死了還妒什麼！那時就見效了。」說著，寶玉焙茗都大笑不止，罵：「油嘴的牛頭。」王一貼道：「不過是閑著解午盹罷了，有什麼關係。說笑了你們就值錢。告訴你們說：連膏藥也是假的。我有真藥，我還吃了做神仙呢。有真的跑到這裡來混？」正說著，吉時已到，請寶玉出去奠酒，焚化錢糧，散福。功課完畢，寶玉方進城回家。

八月廿八日

《續琵琶》

【出處】 （賈母）指湘雲道：「我像他這麼大的時候兒，他爺爺有一班小戲，偏有一個彈琴的，湊了《西廂記》的《聽琴》，《玉簪記》的《琴挑》，《續琵琶》的《胡笳十八拍》，竟成了真的了，比這個更如何？」（卷五十四）

【釋義】 《續琵琶》為曹雪芹祖父曹寅所寫的傳奇劇本，又名《後琵琶》，北京圖書館現存國內僅有的殘鈔本三十五折，描寫了蔡邕之女蔡文姬被掠至匈

〔南宋〕陳居中　文姬歸漢圖

八月廿九日

奴，忍辱十載，後被曹操贖歸漢地，並繼承父親遺
志，完成了漢史的續修。二〇一〇年，北京曹雪芹學
會聯合中國戲曲學院、北方崑曲劇院，將這部塵封了
三百年的劇作重新整理、箋注並搬上了崑曲舞台。

占旺相四美釣游魚

〔卷八十一〕

占旺相四美釣游魚　奉嚴詞兩番入家塾

八月卅日

卷八十一

　　探春把絲繩拋下，沒十來句話的工夫，就有一個楊葉竄兒，吞著鉤子，把漂兒墜下去。探春把竿一挑，往地下一撩，卻是活迸的。侍書在滿地上亂抓，兩手捧著擱在小磁罈內，清水養著。探春把釣竿遞與李紋。李紋也把釣竿垂下，但覺絲兒一動，忙挑起來，卻是個空鉤子。又垂下去半晌，鉤絲一動，又挑起來，還是空鉤子。李紋把那鉤子拿上來一瞧，原來往裡鉤了。李紋笑道：「怪不得釣不著。」忙叫素雲把鉤子敲好了，換上新蟲子，上邊貼好了葦片兒。垂下去一會兒，見葦片直沉下去，急忙提起來，倒是一個二寸長的鯽瓜兒。李紋笑著道：「寶哥哥釣罷。」寶玉道：「索性三妹妹合邢妹妹釣了我再釣。」岫煙卻不答言。只見李綺道：「寶哥哥先釣罷。」說著，水面上起了一個泡兒。探春道：「不必盡著讓了。你看那魚都在三妹妹那邊呢，還是三妹妹快著釣罷。」李綺笑著接了釣竿兒，果然沉下去就釣了一個。然後岫煙也釣著了一個，隨將竿子仍舊遞給探春，探春才遞與寶玉。寶玉道：「我是要做姜太公的。」便走下石磯，坐在池邊釣起來。豈知那水裡的魚，看見人影兒，都躲到別處去了。寶玉掄著釣竿，等了半天，那釣絲兒動也不動。剛有一個魚兒在水邊吐沫，寶玉把竿子一晃，又唬走了，急的寶玉道：「我最是個性兒急的人，他偏性兒慢，這可怎麼樣呢？好魚兒，快來罷！你也成全成全我呢。」說的四人都笑了。一言

八月卅一日

未了，只見釣絲微微一動。寶玉喜得滿懷，用力往上一兜，把釣竿往石上一碰，折作兩段，絲也振斷了，鉤子也不知往那裡去了。眾人越發笑起來。探春道：「再沒見像你這樣鹵人！」

玖月

老學究講義警頑心
兼警頑心

[卷八十二]

老學究講義警頑心　病瀟湘癡魂驚惡夢

九月一日

卷八十二

　　到了下晚，代儒道：「寶玉，有一章書，你來講講。」寶玉過來一看，卻是「後生可畏」章。寶玉心上說：「這還好，幸虧不是《學》《庸》。」問道：「怎麼講呢？」代儒道：「你把節旨句子細細兒講來。」寶玉把這章先朗朗的念了一遍，說：「這章書是聖人勉勵後生，教他及時努力，不要弄到……」說到這裡，抬頭向代儒一瞧。代儒覺得了，笑了一笑道：「你只管說，講書是沒有什麼避忌的。《禮記》上說：『臨文不諱。』只管說，『不要弄到』什麼？」寶玉道：「不要弄到老大無成。先將『可畏』二字激發後生的志氣，後把『不足畏』三字警惕後生的將來。」說罷，看著代儒。代儒道：「也還罷了。串講呢？」寶玉道：「聖人說，人生少時，心思才力，樣樣聰明能幹，實在是可怕的，那裡料得定他後來的日子不像我的今日？若是悠悠忽忽，到了四十歲，又到五十歲，既不能彀發達，這種人，雖是他後生時像個有用的，到了那個時候，這一輩子就沒有人怕他了。」代儒笑道：「你方才節旨講的倒清楚，只是句子裡有些孩子氣。『無聞』二字，不是不能發達做官的話。『聞』是實在自己能彀明理見道，就不做官也是有聞了；不然，古聖賢有遁世不見知的，豈不是不做官的人，難道也是無聞麼？『不足畏』是使人料得定，方與『焉知』的『知』字對針，不是『怕』的字眼。要從這裡看出，方能入細。你懂得不懂得？」寶玉道：「懂得了。」

九月二日

湘妃

【出處】 平兒咬牙罵道:「誰知就有一個不知死的
冤家,混號兒都叫他做石頭呆子,窮的連飯也沒的
吃,偏他家就有二十把舊扇子,死也不肯拿出大門
來。……原是不能再得的,全是湘妃、棕竹、麋鹿、
玉竹的,皆是古人寫畫真跡。」(卷四十八)

【釋義】 湘妃、棕竹、麋鹿、玉竹均為製作摺扇扇
骨的竹材。摺扇為明清時期文人熱衷把玩的懷袖雅
物,扇骨以竹、木最為常見,亦有玳瑁、象牙、獸骨
等名貴材質,可施以雕刻、鑲嵌、髹漆等工藝。湘妃
竹又名斑竹,相傳為舜帝妃子娥皇女英的眼淚將竹子
染成紫褐色斑點而得名。麋鹿又稱梅鹿、梅簏,竹面
密布大大小小的青灰色獸斑狀斑痕,以斑點大且清晰
者為貴。湘妃和麋鹿都是竹材中的上品。

九月三日

省宮闈賈元妃染恙

省宮闈賈元妃染恙　鬧閨閫薛寶釵吞聲

九月四日

卷八十三

　　且說賈家的車輛轎馬，俱在外西垣門口歇下等著，一會兒，有兩個內監出來，說道：「賈府省親的太太奶奶們，著令入宮探問；爺們，俱著令內宮門外請安，不得入見。」門上人叫：「快進去。」賈府中四乘轎子跟著小內監前行，賈家爺們在轎後步行跟著，令眾家人在外等候。走近宮門口，只見幾個老公在門上坐著。見他們來了，便站起來說道：「賈府爺們至此。」賈赦賈政便捱次立定。轎子抬至宮門口，便都出了轎，早有幾個小內監引路，賈母等各有丫頭扶著步行。走至元妃寢宮，只見奎壁輝煌，琉璃照耀。又有兩個小宮女兒傳諭道：「只用請安，一概儀注都免。」賈母等謝了恩，來至床前，請安畢，元妃都賜了坐。賈母等又告了坐。元妃便問賈母道：「近日身上可好？」賈母扶著小丫頭，顫顫巍巍站起來，答應道：「託娘娘洪福，起居尚健。」元妃又向邢夫人王夫人問了好。邢王二夫人站著回了話。元妃又問鳳姐：「家中過的日子若何？」鳳姐站起來回奏道：「尚可支持。」元妃道：「這幾年來，難為你操心！」鳳姐正要站起來回奏，只見一個宮女傳進許多職名，請娘娘龍目。元妃看時，就是賈赦賈政等若干人。那元妃看了職名，眼圈兒一紅，止不住流下淚來。宮女兒遞過絹子，元妃一面拭淚，一面傳諭道：「今日稍安，令他們外面暫歇。」賈母等站起來，又謝了恩。元妃含淚道：「父女弟兄，反不如小家子得

九月五日

以常常親近！」賈母等都忍著淚道：「娘娘不用悲
傷，家中已托著娘娘的福多了。」元妃又問：「寶玉
近來若何？」賈母道：「近來頗肯念書。因他父親逼
得嚴緊，如今文字也都做上來了。」元妃道：「這樣
才好。」遂命外宮賜宴。便有兩個宮女兒，四個小太
監，引了到一座宮裡。已擺得齊整，各按坐次坐了。
不必細述。

試文字寶玉始提親

玉物提親

[卷八十四]

試文字寶玉始提親　探驚風賈環重結怨

九月六日

卷八十四

　　卻說賈政試了寶玉一番，心裡卻也喜歡，走向外面和那些門客閒談，說起方才的話來。便有新近到來最善大棋的一個王爾調，名作梅的，說道：「據我們看來，寶二爺的學問已是大進了。」賈政道：「那有進益，不過略懂得些罷咧。『學問』兩個字，早得狠呢。」詹光道：「這是老世翁過謙的話。不但王大兄這般說，就是我們看，寶二爺必定要高發的。」賈政笑道：「這也是諸位過愛的意思。」那王爾調又道：「晚生還有一句話，不揣冒昧，合老世翁商議。」賈政道：「什麼事？」王爾調陪笑道：「也是晚生的相與，做過南韶道的張大老爺家，有一位小姐，說是生得德容功貌俱全，此時尚未受聘。他又沒有兒子，家資巨萬，但是要富貴雙全的人家，女婿又要出眾，才肯作親。晚生來了兩個月，瞧著寶二爺的人品學業，都是必要大成的。老世翁這樣門楣，還有何說！若晚生過去，包管一說就成。」賈政道：「寶玉說親，卻也是年紀了，並且老太太常說起。但只張大老爺素來尚未深悉。」詹光道：「王兄所提張家，晚生卻也知道，況合大老爺那邊是舊親，老世翁一問便知。」賈政想了一回，道：「大老爺那邊，不曾聽得這門親戚。」詹光道：「老世翁原來不知：這張府上原和邢舅太爺那邊有親的。」賈政聽了，方知是邢夫人的親戚。坐了一回，進來了，便要向王夫人說知，轉問邢夫人去。

九月七日

白露

　　《月令七十二候集解》：「八月節。秋屬金，金色白，陰氣漸重，露凝而白也。」白露三候：一候鴻雁來，二候元鳥歸，三候群鳥養羞。此時天氣逐漸轉涼，有「白露秋風夜，一夜涼一夜」之說，氣候也日益乾燥，是過敏、哮喘、支氣管疾病高發期。養生方面，應注意保持心態平和、樂觀，經常進行登山、慢跑、散步等戶外運動。飲食方面，忌辛辣，多吃冬瓜、蘿蔔、百合、杏仁、番茄、梨、棗、蜂蜜等，可養肺、生津。

〔清〕胤禛耕織圖冊（局部）

九月八日　白露

薛文起復惹放流刑

[卷八十五]

賈存周報升郎中任　薛文起復惹放流刑

九月九日

卷八十五

　　不說賈府依舊唱戲，單說薛姨媽回去，只見有兩個衙役站在二門口，幾個當鋪裡夥計陪著，說：「太太回來，自有道理。」正說著，薛姨媽已進來了。那衙役們見跟從著許多男婦，簇擁著一位老太太，便知是薛蟠之母。看見這個勢派，也不敢怎麼，只得垂手侍立，讓薛姨媽進去了。那薛姨媽走到廳房後面，早聽見有人大哭，卻是金桂。薛姨媽趕忙走來，只見寶釵迎出來，滿面淚痕，見了薛姨媽，便道：「媽媽聽了，先別著急，辦事要緊。」

　　薛姨媽同著寶釵進了屋子，因為頭裡進門時，已經走著聽見家人說了，嚇的戰戰兢兢的了，一面哭著，因問：「到底是合誰？」只見家人回道：「太太此時且不必問那些底細。憑他是誰，打死了總是要償命的，且商量怎麼辦才好。」薛姨媽哭著出來道：「還有什麼商議？」家人道：「依小的們的主見，今夜打點銀兩，同著二爺趕去，和大爺見了面，就在那裡訪一個有斟酌的刀筆先生，許他些銀子，先把死罪撕擄開，回來再求賈府去上司衙門說情。還有外面的衙役，太太先拿出幾兩銀子來打發了他們，我們好趕著辦事。」薛姨媽道：「你們找著那家子，許他發送銀子，再給他些養濟銀子。原告不追，事情就緩了。」寶釵在簾內說道：「媽媽，使不得。這些事，越給錢越鬧的凶，倒是剛才小廝說的話是。」薛姨媽又哭道：「我也不要命了，趕到那裡見他一面，同他

死在一處就完了。」寶釵急的一面勸，一面在簾子裡
叫人：「快同二爺辦去罷。」丫頭們攙進薛姨媽來。
薛蝌才往外走，寶釵道：「有什麼信，打發人即刻寄
了來，你們只管在外頭照料。」薛蝌答應著去了。

鼻煙

【出處】 寶玉便命麝月:「取鼻煙來,給他聞些,痛打幾個嚏噴,就通快了。」麝月果真去取了一個金鑲雙金星玻璃小扁盒兒來,遞與寶玉。寶玉便揭開盒蓋,裡面是個西洋琺瑯的黃髮赤身女子,兩肋又有肉翅,裡面盛著些真正上等洋煙。(卷五十二)

【釋義】 《清稗類鈔》:「鼻煙,以鼻吸取之煙也。屑葉為末,雜以花露,一器值數十金,貴人餽遺以為重禮。置於小瓶,取之以匙。入鼻,則嚏輒隨之。……舊傳有明目去疾之功,故嗜之者頗多。」據史載,鼻煙為明萬曆年間由義大利傳入,而盛裝鼻煙的容器——鼻煙壺,最初亦為舶來品,玻璃材質。中國所製鼻煙壺,是集繪畫、書法、雕刻、鑲嵌等傳統藝術工藝於一體的袖珍藝術品,用料有玉石、瓷器、玻璃、漆器、象牙、琺瑯、金屬等,玲瓏精美,極具觀賞性,其製作工藝於清代達到巔峰。

九月十一日

受私賄老官翻案牘

［卷八十六］

受私賄老官翻案牘　　寄閑情淑女解琴書

九月十二日

卷八十六

知縣叫提薛蟠，問道：「你與張三到底有什麼仇隙？畢竟是如何死的？實供上來。」薛蟠道：「求太老爺開恩，小的實沒有打他，為他不肯換酒，故拿酒潑他。不想一時失手，酒碗誤碰在他的腦袋上。小的即忙掩他的血，那裡知道再掩不住，血淌多了，過一回就死了。前日屍場上，怕太老爺要打，所以說是拿碗砸他的。只求太老爺開恩。」知縣便喝道：「好個糊塗東西！本縣問你怎麼砸他的，你便供說惱他不換酒，才砸的，今日又供是失手碰的。」知縣假作聲勢，要打要夾，薛蟠一口咬定。知縣叫仵作：「將前日屍場填寫傷痕，據實報來。」仵作裏報說：「前日驗得張三屍身無傷，惟囟門有磁器傷，長一寸七分，深五分，皮開，囟門骨脆，裂破三分。實係磕碰傷。」

知縣查對屍格相符，早知書吏改輕，也不駁詰，胡亂便叫畫供。張王氏哭喊道：「青天老爺！前日聽見還有多少傷，怎麼今日都沒有了？」知縣道：「這婦人胡說！現有屍格，你不知道麼？」叫屍叔張二，便問道：「你侄兒身死，你知道有幾處傷？」張二忙供道：「腦袋上一傷。」知縣道：「可又來。」叫書吏將屍格給張王氏瞧去，並叫地保、屍叔指明與他瞧：現有屍場親押、證見，俱供並未打架，不為鬥毆，只依誤傷，吩咐畫供，將薛蟠監禁候詳，餘令原保領出，退堂。張王氏哭著亂嚷，知縣叫眾衙役：

「撐他出去!」張二也勸張王氏道:「實在誤傷,怎麼賴人?現在太老爺斷明,不要胡鬧了。」

　　薛蚪在外打聽明白,心內喜歡,便差人回家送信,等批詳回來,便好打點贖罪,且住著等信。

妝緞

【出處】　賈母見寶玉身上穿著荔支色哆囉呢的箭袖，大紅猩猩氈盤金彩繡石青妝緞沿邊的排穗褂。賈母道：「下雪呢麼？」寶玉道：「天陰著，還沒下呢！」（卷五十二）

【釋義】　即妝花緞，屬於南京雲錦中極具代表性的品種，也是工藝最複雜的提花絲織品。它吸收緙絲通經斷緯的技法，在緞、綢、紗、羅等絲織物上用「挖花」法織出五彩圖案，花紋配色可多達二十餘種，富麗華貴，燦若雲霞，故得名「雲錦」。其技法獨特，機器無法替代，至今仍以老式提花木機織造。雲錦的歷史可追溯至東晉，元、明、清均為皇家御用織品。清代在南京設有江寧織造署，曹雪芹曾祖父曹璽、祖父曹寅、父輩曹頫、曹顒三代歷任江寧織造，長達

織金壽字龍雲肩通袖龍襴妝花緞襯褶袍

六十五年之久。南京雲錦與蘇州宋錦、四川蜀錦並稱
中國三大名錦,因其精湛的技藝及深厚的文化內涵,
入選聯合國世界非物質文化遺產名錄。

蘅蕪妹

接絮

澹然往事

[卷八十七]

感秋深撫琴悲往事　坐禪寂走火入邪魔

九月十五日

卷八十七

於是二人別了惜春，離了蓼風軒，彎彎曲曲，走近瀟湘館，忽聽得叮咚之聲。妙玉道：「那裡的琴聲？」寶玉道：「想必是林妹妹那裡撫琴呢。」妙玉道：「原來他也會這個？怎麼素日不聽見提起？」寶玉悉把黛玉的事述了一遍，因說：「咱們去看他。」妙玉道：「從古只有聽琴，再沒有看琴的。」寶玉笑道：「我原說我是個俗人。」說著，二人走至瀟湘館外，在山子石坐著靜聽，甚覺音調清切。只聽得低吟道：

風蕭蕭兮秋氣深，美人千里兮獨沉吟。望故鄉兮何處，倚欄杆兮涕沾襟。

歇了一回，聽得又吟道：

山迢迢兮水長，照軒窗兮明月光。耿耿不寐兮銀河渺茫，羅衫怯怯兮風露涼。

又歇了一歇，妙玉道：「剛才『侵』字韻是第一疊，如今『揚』字韻是第二疊了。咱們再聽。」裡邊又吟道：

子之遭兮不自由，予之遇兮多煩憂。之子與我兮心焉相投，思古人兮俾無尤。

妙玉道：「這又是一拍。何憂思之深也！」寶玉道：「我雖不懂得，但聽他音啊，也覺得過悲了。」

裡頭又調了一回弦。妙玉道:「君弦太高了,與無射律只怕不配呢。」裡邊又吟道:

人生斯世兮如輕塵,天上人間兮感夙因。感夙因兮不可惙,素心如何天上月。

妙玉聽了,呀然失色道:「如何忽作變徵之聲?音韻可裂金石矣。只是太過。」寶玉道:「太過便怎麼?」妙玉道:「恐不能持久。」正議論時,聽得君弦「嘣」的一聲斷了。妙玉站起來,連忙就走。

琴

【出處】 黛玉道:「琴者,禁也。古人制下,原以
治身,涵養性情,抑其淫蕩,去其奢侈。若要撫琴,
必擇靜室高齋,或在層樓的上頭,在林石的裡面,或
是山巔上,或是水涯上。再遇著那天地清和的時候,
風清月朗,焚香靜坐,心不外想,氣血和平,才能與
神合靈,與道合妙。」(卷八十六)

【釋義】 琴,又稱瑤琴、絲桐和七弦琴,現代為了
區別於鋼琴,而稱古琴。古琴已有三千多年的歷史,
是漢族最早的彈撥樂器,最初為五弦,漢朝起定制為

〔唐〕周昉　調琴啜茗圖(局部)

七弦,十三徽。古琴音色深沉高古,意境深邃悠遠,
宋朱長文《琴史》形容:「昔聖人之作琴也,天地萬
物之聲皆在乎其中矣。」眾器之中,琴德最優,古琴
自古為士人、貴族修心養性的高雅樂器,「君子之近
琴瑟,此儀節也,非以慆心也」。

正家法賈珍鞭悍僕

[卷八十八]

博庭歡寶玉讚孤兒　正家法賈珍鞭悍僕

九月十八日

卷八十八

賈珍正在廂房裡歇著，聽見門上鬧的翻江攪海，叫人去查問，回來說道：「鮑二和周瑞的乾兒子打架。」賈珍道：「周瑞的乾兒子是誰？」門上的回道：「他叫何三，本來是個沒味兒的，天天在家裡喝酒鬧事，常來門上坐著。聽見鮑二和周瑞拌嘴，他就插在裡頭。」賈珍道：「這卻可惡！把鮑二和那個什麼何幾給我一塊兒捆起來！周瑞呢？」門上的回道：「打架時，他先走了。」賈珍道：「給我拿了來！這還了得！」眾人答應了。

正嚷著，賈璉也回來了，賈珍便告訴了一遍。賈璉道：「這還了得！」又添了人去拿周瑞。周瑞知道躲不過，也找到了。賈珍便叫：「都捆上！」賈璉便向周瑞道：「你們前頭的話也不要緊，大爺說開了狠是了，為什麼外頭又打架？你們打架已經使不得，又弄個野雜種什麼何三來鬧。你不壓伏壓伏他們，倒竟走了。」就把周瑞踢了幾腳。賈珍道：「單打周瑞不中用。」喝命人把鮑二和何三各人打了五十鞭子，攆了出去，方和賈璉兩個商量正事。下人背地裡便生出許多議論來：也有說賈珍護短的；也有說不會調停的；也有說他本不是好人，前兒尤家姊妹弄出許多醜事來，那鮑二不是他調停著二爺叫了來的嗎？這會子又嫌鮑二不濟事，必是鮑二的女人伏侍不到了。人多嘴雜，紛紛不一。

九月十九日

兜肚

【出處】 原來是個白綾紅裡的兜肚，上面紮著鴛鴦戲蓮的花樣，紅蓮綠葉，五色鴛鴦。寶釵道：「噯喲，好鮮亮活計！這是誰的，也值的費這麼大工夫？」襲人向床上努嘴兒。（卷三十六）

【釋義】 又稱「抹胸」，是中國傳統服飾中護胸腹的貼身內衣，多以綢緞、棉布製成。《清稗類鈔》：「抹胸，胸間小衣也，一名抹腹，又名抹肚。以方尺之布為之，緊束前胸，以防風之內侵者，俗謂之兜肚。男女皆有之。」 兜肚上通常有印花或刺繡，多用鳳穿牡丹、麒麟送子、連年有餘、鴛鴦戲水等吉祥圖案。

九月廿日

詞填子公在物亡人

[卷八十九]

人亡物在公子填詞　蛇影杯弓顰卿絕粒

九月廿一日

卷八十九

寶玉因端著茶，默默如有所思，又坐了一坐，便問道：「那屋裡收拾妥了麼？」麝月道：「頭裡就回過了，這會子又問。」寶玉略坐了一坐，便過這間屋子來。親自點了一炷香，擺上些果品，便叫人出去，關上了門。外面襲人等都靜悄無聲。寶玉拿了一幅泥金角花的粉紅箋出來，口中祝了幾句，便提起筆來寫道：

怡紅主人焚付晴姊知之：酌茗清香，庶幾來饗。

其詞云：

隨身伴，獨自意綢繆。誰料風波平地起，頓教軀命即時休。孰與話輕柔？

東逝水，無復向西流。想像更無懷夢草，添衣還見翠雲裘。脈脈使人愁！

寫畢，就在香上點個火，焚化了。靜靜兒等著，直待一炷香點盡了，才開門出來。襲人道：「怎麼出來了？想來又悶的慌了。」寶玉笑了一笑，假說道：「我原是心裡煩，才找個地方兒靜坐坐兒。這會子好了，還要外頭走走去呢。」

九月廿二日

秋分

《月令七十二候集解》：「八月中。解見春分。雷始收聲。」秋分三候：一候雷始收聲，二候蟄蟲坏戶，三候水始涸。分，半也，意味著這日晝夜等長，此後晝短夜長，真正進入秋季。此時的養生重點在於「收」，滋陰潤燥，保持情緒平和，早睡早起，運動不宜劇烈。多吃紅薯、胡蘿蔔、山藥、南瓜、蓮藕、銀耳、梨、芝麻、核桃等食物。

〔清〕胤禛耕織圖冊（局部）

九月廿三日　秋分

送果品小郎驚叵測

[卷九十]

失綿衣貧女耐嗷嘈　送果品小郎驚叵測

九月廿四日

卷九十

正在那裡想時,只見寶蟾推門進來,拿著一個盒子,笑嘻嘻放在桌上。薛蝌站起來讓坐。寶蟾笑著向薛蝌道:「這是四碟果子,一小壺兒酒:大奶奶叫給二爺送來的。」薛蝌陪笑道:「大奶奶費心!但是叫小丫頭們送來就完了,怎麼又勞動姊姊呢?」寶蟾道:「好說。自家人,二爺何必說這些套話?再者,我們大爺這件事,實在叫二爺操心,大奶奶久已要親自弄點什麼兒謝二爺,又怕別人多心。二爺是知道的,咱們家裡都是言合意不合,送點子東西沒要緊,倒沒的惹人七嘴八舌的講究。所以今日些微的弄了一兩樣果子,一壺酒,叫我親自悄悄兒的送來。」說著,又笑瞅了薛蝌一眼,道:「明兒二爺再別說這些話,叫人聽著怪不好意思的。我們不過也是底下的人;伏侍的著大爺,就伏侍的著二爺,這有何妨呢?」

薛蝌一則秉性忠厚,二則到底年輕,只是向來不見金桂和寶蟾如此相待,心中想到剛才寶蟾說為薛蟠之事,也是情理,因說道:「果子留下罷,這個酒兒,姊姊只管拿回去。我向來的酒上實在狠有限,擠住了,偶然喝一鍾;平日無事,是不能喝的。難道大奶奶和姊姊還不知道麼?」寶蟾道:「別的我作得主,獨這一件事,我可不敢應。大奶奶的脾氣兒,二爺是知道的:我拿回去,不說二爺不喝,倒要說我不盡心了。」薛蝌沒法,只得留下。寶蟾方才要走,又

到門口往外看看，回過頭來向著薛蝌一笑；又用手指
著裡面說道：「他還只怕要來親自給你道乏呢。」薛
蝌不知何意，反倒訕訕的起來，因說道：「姊姊替我
謝大奶奶罷。天氣寒，看涼著。再者，自己叔嫂也不
必拘這些個禮。」寶蟾也不答言，笑著走了。

螃蟹

【出處】 鳳姊吩咐:「螃蟹不可多拿來,仍舊放在蒸籠裡,拿十個來,吃了再拿。」一面又要水洗了手,站在賈母跟前剝蟹肉。頭次讓薛姨媽,薛姨媽道:「我自己掰著吃香甜,不用人讓。」鳳姊便奉與賈母;二次的便與寶玉。又說:「把酒燙得滾熱的拿來。」又命小丫頭們去取菊花葉兒桂花蕊熏的綠豆面子,預備洗手。(卷三十八)

【釋義】 螃蟹肉性寒,味鹹,富含蛋白質和脂肪,以及多種對人體有益的成分,具有舒筋益氣、理胃消食、通經絡、清熱、滋陰等功效。中國自古就有食蟹的傳統,留下眾多與螃蟹有關的名菜、詩詞。書中薛寶釵所作螃蟹詩被眾人讚為食蟹絕唱:「桂靄桐陰坐舉觴,長安涎口盼重陽。眼前道路無經緯,皮裡春秋

九
月
廿
六
日

空黑黃。」清袁枚《隨園食單》記錄製蟹之法:「蟹
宜獨食,不宜搭配他物。最好以淡鹽湯煮熟,自剝自
食為妙。蒸者味雖全,而失之太淡。」因蟹性寒涼,
吃時應與薑、紫蘇等搭配,南方人必佐以溫熱黃酒中
和蟹之寒性。

中秋節

　　中秋節，又稱仲秋節、八月節、拜月節、團圓節等，最早起源於祭月的活動，到唐朝初年，成為固定節日，宋朝時盛行，至明清已成為僅次於春節的重要節日。南宋吳自牧《夢梁錄・中秋》：「八月十五日中秋節，此日三秋恰半，故謂之『中秋』；此夜月色倍明於常時，又謂之『月夕』。」中秋這日，各

〔清〕陳枚　月曼清遊圖（局部）

地有祭月、賞月、觀潮、燃燈、猜謎、焚斗香、吃月
餅等習俗。中秋節在書中出現多次,均為關鍵節點,
所謂月滿則虧,正預示著豪門望族之大廈將傾。如卷
一:「早又中秋佳節,士隱……自己步月至廟中來邀
雨村。……當時街坊上家家簫管,戶戶弦歌,當頭一
輪明月,飛彩凝輝。」卷七十五:「當下園子正門俱
已大開,掛著羊角燈。嘉蔭堂月台上,焚著斗香,秉
著燭,陳設著瓜果月餅等物。」

縱淫心寶蟾工設計

【卷九十一】

縱淫心寶蟾工設計　布疑陣寶玉妄談禪

九月廿八日

卷九十一

　　只見寶玉把眉一皺，把腳一跺，道：「我想這個人，生他做什麼！天地間沒有了我，倒也乾淨！」黛玉道：「原是有了我，便有了人；有了人，便有無數的煩惱生出來：恐怖，顛倒，夢想，更有許多纏礙。才剛我說的，都是頑話。你不過是看見姨媽沒精打彩，如何便疑到寶姊姊身上去？姨媽過來原為他的官司事情，心緒不寧，那裡還來應酬你？都是你自己心上胡思亂想，鑽入魔道裡去了。」寶玉豁然開朗，笑道：「狠是，狠是。你的性靈，比我竟強遠了。怨不得前年我生氣的時候，你和我說過幾句禪語，我實在對不上來。我雖丈六金身，還藉你一莖所化。」

　　黛玉乘此機會，說道：「我便問你一句話，你如何回答？」寶玉盤著腿，合著手，閉著眼，嘘著嘴，道：「講來。」黛玉道：「寶姊姊和你好，你怎麼樣？寶姊姊不和你好，你怎麼樣？寶姊姊前兒和你好，如今不和你好，你怎麼樣？今兒和你好，後來不和你好，你怎麼樣？你和他好，他偏不和你好，你怎麼樣？你不和他好，他偏要和你好，你怎麼樣？」寶玉呆了半晌，忽然大笑道：「任憑弱水三千，我只取一瓢飲。」黛玉道：「瓢之漂水，奈何？」寶玉道：「非瓢漂水；水自流，瓢自漂耳。」黛玉道：「水止珠沉，奈何？」寶玉道：「禪心已作沾泥絮，莫向春風舞鷓鴣。」黛玉道：「禪門第一戒是不打誑語的。」寶玉道：「有如三寶。」

九月廿九日

　　黛玉低頭不語。只聽見簷外老鴉「呱呱」的叫
了幾聲，便飛向東南上去。寶玉道：「不知主何吉
凶？」黛玉道：「人有吉凶事，不在鳥音中。」

紹興酒

【出處】 話說寶玉回至房中洗手,因與襲人商議:「晚間吃酒,大家取樂,不可拘泥。如今吃什麼好,早說給他們備辦去。」襲人笑道:「你放心……我和平兒說了,已經抬了一罈好紹興酒,藏在那邊了。我們八個人,單替你做生日。」(卷六十三)

【釋義】 浙江紹興所產的酒,因色黃,亦稱「紹興黃酒」。黃酒與葡萄酒、啤酒並稱世界三大發酵古酒,是唯一起源於中國的釀造酒,尤以紹興黃酒馳名天下,其歷史可追溯至春秋時期。清童岳荐《酒譜》云:「紹興酒,山陰名東浦者,水力厚,煎酒用鑵,不取酒油,較勝於會稽諸處,其妙在多飲不上頭,不中滿,不害酒,是紹興酒之良德矣。」紹興酒營養價

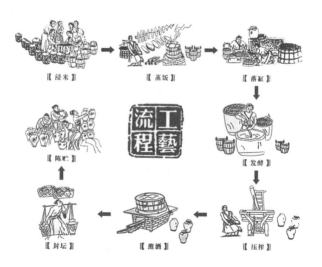

【浸米】 【蒸饭】 【落缸】

工藝流程

【陈贮】 【发酵】

【封坛】 【煎酒】 【压榨】

九
月
卅
日

値高，具有活血袪寒、抗衰護心、舒經活絡等諸多功
效。在書中，多處提及紹興黃酒，可見賈府上下均愛
此酒。

拾月

玩母珠賈政參聚散

［ 卷二十九 ］

評女傳巧姊慕賢良　玩母珠賈政參聚散

十月一日

卷九十二

　　賈政對馮紫英道：「有罪，有罪，咱們說話兒罷。」馮紫英道：「小姪與老伯久不見面。一來會會，二來因廣西的同知進來引見，帶了四種洋貨，可以做得貢的。一件是圍屏，有二十四扇檻子，都是紫檀雕刻的。中間雖說不是玉，卻是絕好的硝子石，石上鏤出山水、人物、樓台、花鳥等物。一扇上有五六十個人，都是宮妝的女子。名為『漢宮春曉』。人的眉、目、口、鼻以及出手、衣褶，刻的又清楚，又細膩。點綴布置，都是好的。我想尊府大觀園中正廳上卻可用得著。還有一個鐘錶，有三尺多高，也是一個小童兒拿著時辰牌，到了什麼時候，他就報什麼時辰；裡頭也有些人在那裡打十番的。這是兩件重笨的，卻還沒有拿來。現在我帶在這裡兩件，卻有些意思兒。」就在身邊拿出一個錦匣子，見幾重白綿裹著，揭開了綿子，第一層是一個玻璃盒子，裡頭金托子，大紅繐綢托底，上放著一顆桂圓大的珠子，光華耀目。馮紫英道：「據說這就叫做『母珠』。」因叫：「拿一個盤兒來。」詹光即忙端過一個黑漆茶盤，道：「使得麼？」馮紫英道：「使得。」便又向懷裡掏出一個白絹包兒，將包兒裡的珠子都倒在盤裡散著，把那顆母珠擱在中間，將盤置於桌上。看見那些小珠子兒，滴溜滴溜都滾到大珠身邊來，一回兒把這顆大珠子抬高了，別處的小珠子一顆也不剩，都黏在大珠上。詹光道：「這也奇怪！」賈政道：「這是有的，所以叫做『母珠』，原是珠之母。」

十月二日

如意

【出處】 自七月上旬，送壽禮者便絡繹不絕。禮部奉旨：欽賜金玉如意一柄，彩緞四端，金玉杯各四件，帑銀五百兩。（卷七十一）

【釋義】 《音義指歸》云：「如意者，古之爪杖也。或骨角竹木削作人手指爪，柄可長三尺許。或脊有癢，手所不到，用以搔抓，如人之意。」另有記事於上的「笏」，如意兼二者之用。後來，一種流傳至今，成為實用居家小物「癢癢撓」；另一種成為承載吉祥、福壽等寓意的文房珍玩。如意的造型是由雲紋、靈芝形狀做成頭部，連接一條長柄，材質有玉石、金、銀、銅、犀角、象牙、珊瑚、竹、木等。據史載，東漢時已有如意，到明清時期，如意的製作工藝達到高峰。

十月三日

甄家僕投靠賈家門

水月庵掀翻風月案

十月四日

卷九十三

　　過不幾時，忽見有一個人，頭上戴著氈帽，身上穿著一身青布衣裳，腳下穿著一雙撒鞋，走到門上，向眾人作了個揖。眾人拿眼上上下下打諒了他一番，便問他：「是那裡來的？」那人道：「我自南邊甄府中來的。並有家老爺手書一封，求這裡的爺們呈上尊老爺。」眾人聽見他是甄府來的，才站起來讓他坐下，道：「你乏了，且坐坐。我們給你回就是了。」門上一面進來回明賈政，呈上來書。賈政拆書看時，上寫著：

　　世交夙好，氣誼素敦，遙仰譫帷，不勝依切。弟因菲材獲譴，自分萬死難償，幸邀寬宥，待罪邊隅。迄今門戶雕零，家人星散。所有奴子包勇，向曾使用，雖無奇技，人尚愨實。倘使得備奔走，糊口有資，屋烏之愛，感佩無涯矣！專此奉達，餘容再敘，不宣。

　　賈政看完，笑道：「這裡正因人多，甄家倒薦人來。又不好卻的。」吩咐門上：「叫他見我，且留他住下，因材使用便了。」門上出去，帶進人來，見賈政，便磕了三個頭，起來道：「家老爺請老爺安。」自己又打個千兒，說：「包勇請老爺安。」賈政回問了甄老爺的好，便把他上下一瞧，但見包勇身長五尺有零，肩背寬肥，濃眉爆眼，磕額長髯，氣色粗黑，垂著手站著。

十月五日

比目磬

【出處】　案上設著大鼎,左邊紫檀架上放著一個大官窯的大盤,盤內盛著數十個嬌黃玲瓏大佛手;右邊洋漆架上懸著一個白玉比目磬,傍邊掛著小槌。(卷四十)

【釋義】　一種比目魚形的掛磬。比目魚,即鰈魚;磬,古代樂器,以玉、石或金屬製成,形狀如炬,掛於架上,擊打而鳴。明屠隆《文具雅編》:「有舊玉者,股三寸,長尺余,古之編磬也。有古靈璧石色黑性堅者妙。懸之齋中,客有談及人間事,擊之以待清耳。」書中是作為案頭陳設品。

十月六日

紫檀

【出處】 劉姥姥笑道:「你好沒見世面!見這園裡的花好,你就沒死活戴了一頭。」說著,那老婆子只是笑,也不答言。便心中忽然想起:「常聽見富貴人家有一種穿衣鏡,這別是我在鏡子裡頭嗎?」想畢,伸手一抹,再細一看,可不是四面雕空紫檀板壁,將這鏡子嵌在中間。(卷四十一)

【釋義】 常綠喬木,多產於東南亞、印度等熱帶地區,質地堅硬,色深紫或漆黑,紫檀屬的木材種類繁多,其中以檀香紫檀,即小葉紫檀最為名貴,歷來為皇室家具專用木材,也稱「帝王之木」。因生長緩慢,八百至上千年成材,且無大料,故有「寸檀寸金」之說。

十月七日

寒露

《月令七十二候集解》：「九月節。露氣寒冷，將凝結也。」寒露三候：一候鴻雁來賓，二候雀入水為蛤，三候菊有黃華。此時燥邪當令，晝熱夜涼，呼吸系統、消化系統疾病多發，易出現口乾咽痛、乾咳、脫髮等症狀，養生重在養陰，補脾胃，潤肺。平日應早睡早起，避免劇烈運動消耗精氣，保持心緒寧靜樂觀。飲食應以甘、淡、滋潤的食品為主，如胡蘿蔔、冬瓜、蓮藕、山藥、核桃、紅棗、蓮子、梨、柿、香蕉、銀耳、百合、芝麻、豆類、菌類、海藻類等。

〔清〕胤禛耕織圖冊（局部）

十月八日　寒露

宴海棠賈母賞花妖

[卷九十四]

宴海棠賈母賞花妖　失寶玉通靈知奇禍

十月九日

卷九十四

　　大家說笑了一回，講究這花開得古怪。賈母道：「這花兒應在三月裡開的，如今雖是十一月，因節氣遲，還算十月，應著小陽春的天氣，因為和暖，開花也是有的。」王夫人道：「老太太見的多，說得是，也不為奇。」邢夫人道：「我聽見這花已經萎了一年，怎麼這回不應時候兒開了？必有個原故。」李紈笑道：「老太太與太太說得都是。據我的糊塗想頭，必是寶玉有喜事來了，此花先來報信。」探春雖不言語，心內想：「此花必非好兆。大凡順者昌，逆者亡；草木知運，不時而發，必是妖孽。」只不好說出來。獨有黛玉聽說是喜事，心裡觸動，便高興說道：「當初田家有荊樹一棵，三個弟兄因分了家，那荊樹便枯了；後來感動了他弟兄們，仍舊在一處，那荊樹也就榮了。可知草木也隨人的。如今二哥哥認真念書，舅舅喜歡，那棵樹也就發了。」賈母王夫人聽了喜歡，便說：「林姑娘比方得有理，狠有意思。」

　　正說著，賈赦、賈政、賈環、賈蘭都進來看花。賈赦便說：「據我的主意，把他砍去。必是花妖作怪。」賈政道：「『見怪不怪，其怪自敗。』不用砍他，隨他去就是了。」賈母聽見，便說：「誰在這裡混說？人家有喜事好處，什麼怪不怪的！若有好事，你們享去；若是不好，我一個人當去。你們不許混說！」賈政聽了，不敢言語，赸赸的同賈赦等走了出來。

十月十日

槅子

【出處】 襲人回至房中，拿碟子盛東西與史湘雲送去，卻見槅子上碟槽空著，因回頭見晴雯、秋紋、麝月等都在一處做針黹，襲人問道：「這一個纏絲白瑪瑙碟子那裡去了？」（卷三十七）

〔清〕十二美人圖

十月十一日

【釋義】 又作「擱子」，一種類似書架的木器，中分不同樣式的許多小格，可用於陳設器皿、玩具，又名「十錦槅子」、「集錦槅子」或「多寶槅子」。

以假混真
寶玉瘋顛

[卷九十五]

因訛成實元妃薨逝　以假混真寶玉瘋顛

十月十二日

卷九十五

賈母並不改口，一疊連聲：「快叫璉兒請那人到書房內坐下，將玉取來一看，即便送銀。」賈璉依言，請那人進來，當客待他，用好言道謝：「要借這玉送到裡頭本人見了，謝銀分厘不短。」那人只得將一個紅綢子包兒送過去。賈璉打開一看，可不是那一塊晶瑩美玉嗎？賈璉素昔原不理論，今日倒要看看。看了半日，上面的字也彷彿認得出來，什麼「除邪祟」等字。賈璉看了，喜之不勝，便叫家人伺候，忙忙的送與賈母王夫人認去。

這會子驚動了合家的人，都等著爭看。鳳姊見賈璉進來，便劈手奪去，不敢先看，送到賈母手裡，賈璉笑道：「你這麼一點兒事，還不叫我獻功呢！」賈母打開看時，只見那玉比先前昏暗了好些，一面用手擦摸，鴛鴦拿上眼鏡兒來，戴著一瞧，說：「奇怪！這塊玉倒是的！怎麼把頭裡的寶色都沒了呢？」王夫人看了一會子，也認不出，便叫鳳姊過來看。鳳姊看了道：「像倒像，只是顏色不大對，不如叫寶兄弟自己一看，就知道了。」襲人在旁，也看著未必是那一塊，只是盼得的心盛，也不敢說出不像來。鳳姊於是從賈母手中接過來，同著襲人，拿來給寶玉瞧。這時寶玉正睡著才醒。鳳姊告訴道：「你的玉有了。」寶玉睡眼矇矓，接在手裡也沒瞧，便往地下一撩，道：「你們又來哄我了！」說著，只是冷笑。鳳姊連忙拾起來道：「這也奇了。怎麼你沒瞧，就知道呢？」寶

十月十三日

玉也不答言,只管笑。王夫人也進屋裡來了,見他這樣,便道:「這不用說了。他那玉原是胎裡帶來的一種古怪東西,自然他有道理。想來這個必是人見了帖兒,照樣做的。」大家此時恍然大悟。

佛手

【出處】 那大姊兒因抱著一個大柚子玩，忽見板兒抱著一個佛手，大姊兒便要，丫鬟哄他取去，大姊兒等不得，便哭了。眾人忙把柚子給了板兒，將板兒的佛手哄過來與他才罷。（卷四十一）

【釋義】 一種植物，為枸櫞的變種，以浙江金華的佛手最為著名，稱「金佛手」。成熟的佛手顏色金黃，形狀成如伸開的手指，或如握拳，形態逼真，故名。佛手可入藥，性辛、苦、甘、溫、無毒，有理氣化痰、止嘔消脹、疏肝健脾等多種功效。因其果形奇特，芳香四溢，能夠消除異味，抑制細菌，淨化室內空氣，自古為室內賞玩佳品，常用做案頭清供。庚辰本批云：「佛手者，正指迷津者也，以小兒之戲，暗透前後通部脈絡。」

十月十四日

淡樣閑繁
兒迷本性

瞞消息鳳姐設奇謀　泄機關顰兒迷本性

十月十五日

卷九十六

一日，黛玉早飯後，帶著紫鵑到賈母這邊來，一則請安，二則也為自己散散悶。出了瀟湘館，走了幾步，忽然想起忘了手絹子來，因叫紫鵑回去取來，自己卻慢慢的走著等他。剛走到沁芳橋那邊山石背後當日同寶玉葬花之處，忽聽一個人嗚嗚咽咽在那裡哭。……那丫頭見黛玉來了，便也不敢再哭，站起來拭眼淚。黛玉問道：「你好好的為什麼在這裡傷心？」那丫頭聽了這話，又流淚道：「林姑娘，你評評這個理：他們說話，我又不知道，我就說錯了一句話，我姊姊也不犯就打我呀！」黛玉聽了，不懂他說的是什麼，因笑問道：「你姊姊是那一個？」那丫頭道：「就是珍珠姊姊。」黛玉聽了，才知他是賈母屋裡的。因又問：「你叫什麼？」那丫頭道：「我叫傻大姊兒。」黛玉笑了一笑，又問：「你姊姊為什麼打你？你說錯了什麼話了？」那丫頭道：「為什麼呢！就是為我們寶二爺娶寶姑娘的事情。」黛玉聽了這句話，如同一個疾雷，心頭亂跳，略定了定神，便叫這丫頭：「你跟了我這裡來。」那丫頭跟著黛玉到那畸角兒上葬桃花的去處，那裡背靜，黛玉因問道：「寶二爺娶寶姑娘，他為什麼打你呢？」傻大姊道：「我們老太太和太太、二奶奶商量了，因為我們老爺要起身，說：就趕著往姨太太商量，把寶姑娘娶過來罷。頭一宗，給寶二爺沖什麼喜；第二宗……」說到這裡，又瞅著黛玉笑了一笑，才說道：「趕著辦了，還要給林姑娘說婆婆家呢。」黛玉已經聽呆了。

十月十六日

聯珠瓶

【出處】 晴雯道:「我何嘗不是這樣說,這個碟子配上鮮荔枝才好看。我送去,三姑娘也見了,說好看,連碟子放著,就沒帶來。你再瞧,那櫥子盡上頭的一對聯珠瓶還沒收來呢。」(卷三十七)

【釋義】 兩個完全相同而又相聯成對的瓶,取「珠聯璧合」的吉祥意。

十月十七日

林黛玉焚稿斷痴情

林黛玉焚稿斷痴情　薛寶釵出閨成大禮

十月十八日

卷九十七

　　黛玉氣的兩眼直瞪，又咳嗽起來，又吐了一口血。雪雁連忙回身取了水來，黛玉漱了，吐在盒內。紫鵑用絹子給他拭了嘴，黛玉便拿那絹子指著箱子，又喘成一處，說不上來，閉了眼。紫鵑道：「姑娘歪歪兒罷。」黛玉又搖搖頭兒。紫鵑料是要絹子，便叫雪雁開箱，拿出一塊白綾絹子來。黛玉睄了，撂在一邊，使勁說道：「有字的！」紫鵑這才明白過來要那塊題詩的舊帕，只得叫雪雁拿出來，遞給黛玉。紫鵑勸道：「姑娘歇歇兒罷，何苦又勞神？等好了再瞧罷。」只見黛玉接到手裡也不瞧詩，扎掙著伸出那隻手來，狠命的撕那絹子，卻是只有打顫的分兒，那裡撕得動。紫鵑早已知他是恨寶玉，卻也不敢說破，只說：「姑娘，何苦自己又生氣！」黛玉點點頭兒，掖在袖裡。便叫：「雪雁點燈。」雪雁答應，連忙點上燈來。黛玉瞧瞧，又閉了眼坐著，喘了一會子，又道：「籠上火盆。」紫鵑打諒他冷，因說道：「姑娘躺下，多蓋一件罷。那炭氣只怕耽不住。」黛玉又搖頭兒。雪雁只得籠上，擱在地下火盆架上。黛玉點頭，意思叫挪到炕上來。雪雁只得端上來，出去拿那張火盆炕桌。那黛玉卻又把身子欠起，紫鵑只得兩隻手來扶著他。黛玉這才將方才的絹子拿在手中，瞅著那火，點點頭兒，往上一撂。紫鵑唬了一跳，欲要搶時，兩隻手卻不敢動。雪雁又出去拿火盆桌子，此時那絹子已經燒著了。紫鵑勸道：「姑娘，這是怎麼說

十月十九日

呢。」黛玉只作不聞，回手又把那詩稿拿起來，瞧了
瞧，又撂下了。紫鵑怕他也要燒，連忙將身倚住黛
玉，騰出手來拿時，黛玉又早拾起，撂在火上。

燕窩粥

【出處】 寶釵道:「昨兒我看你那藥方上,人參肉桂覺得太多了。雖說益氣補神,也不宜太熱。依我說,先以平肝養胃為要。肝火一平,不能克土,胃氣無病,飲食就可以養人了。每日早起,拿上等燕窩一兩,冰糖五錢,用銀銚子熬出粥來,若吃慣了,比藥還強,最是滋陰補氣的。」(卷四十五)

【釋義】 燕窩性平,味甘,有養陰、潤燥、益氣、補中、養顏等功效。清曹庭棟《老老恆言》云,燕窩粥養肺化痰止咳,補而不滯,煮粥淡食有效。入秋之後,燥邪之氣易傷肺傷胃,此粥養人,尤其適合林妹妹的體質。

十月廿日

重陽節

　　中國重要的傳統習俗之一，出現時間說法不一，可追溯至先秦時期，其時九月豐收季，有祭天、祭祖等活動。漢《西京雜記》：「九月九日，佩茱萸，食蓬餌，飲菊花酒，云令人長壽。」三國曹丕的〈九日與鍾繇書〉中有：「歲往月來，忽復九月九日。九為陽數，而日月並應，倍嘉其名，以為宜於長久，故以享宴高會。」可見其時重陽節已有定俗。時值金秋，天高氣朗，民間有出遊、登高、插茱萸、賞菊花、飲菊花酒、吃重陽糕等習俗。大觀園裡的重陽

〔清〕陳枚　月曼清遊圖（局部）

十月廿一日

節，眾姊妹一起飲黃酒、合歡花酒，食蟹，賞菊，吟
誦菊花詩，留下了「誰憐我為黃花病，慰語重陽會有
期」、「莫認東籬閒採擷，黏屏聊以慰重陽」等詩
句，可謂應時應景。因九九重陽諧音「久久」，取長
久、長壽意，現代將這日定為老人節。

病神瑛淚灑相思地

［卷九十八］

苦絳珠魂歸離恨天　病神瑛淚灑相思地

十月廿二日

卷九十八

獨是寶玉雖然病勢一天好似一天，他的癡心總不能解，必要親去哭他一場。賈母等知他病未除根，不許他胡思亂想，怎奈他鬱悶難堪，病多反復。倒是大夫看出心病，索性叫他開散了再用藥調理，倒可好得快些。寶玉聽說，立刻要往瀟湘館來。賈母等只得叫人抬了竹椅子過來，扶寶玉坐上，賈母王夫人即便先行。到了瀟湘館內，一見黛玉靈柩，賈母已哭得淚乾氣絕。鳳姐等再三勸住。王夫人也哭了一場。李紈便請賈母王夫人在裡間歇著，猶自落淚。寶玉一到，想起未病之先，來到這裡，今日屋在人亡，不禁嚎啕大哭。想起從前何等親密，今日死別，怎不更加傷感！眾人原恐寶玉病後過哀，都來解勸。寶玉已經哭得死去活來，大家攙扶歇息。其餘隨來的，如寶釵，俱極痛哭。獨是寶玉必要叫紫鵑來見，問明姑娘臨死有何話說。紫鵑本來深恨寶玉，見如此，心裡已回過來些；又見賈母王夫人都在這裡，不敢灑落寶玉，便將林姑娘怎麼復病，怎麼燒毀帕子，焚化詩稿，並將臨死說的話一一的都告訴了。寶玉又哭得氣噎喉乾。探春趁便又將黛玉臨終囑咐帶柩回南的話也說了一遍。賈母王夫人又哭起來。多虧鳳姐能言勸慰，略略止些，便請賈母等回去。寶玉那裡肯捨，無奈賈母逼著，只得勉強回房。

十月廿三日

霜降

《月令七十二候集解》：「九月中。氣肅而凝露結為霜矣。」霜降三候：一候豺乃祭獸，二候草木黃落，三候蟄蟲咸俯。此時天氣轉涼，秋燥加重，養生重點在於保暖、防秋燥，運動量可適當加大。飲食方面，要注意健脾養胃，調補肝腎，養陰潤燥，多吃蘿蔔、栗子、梨、蘋果、香蕉、百合、銀耳、蜂蜜、芝麻、淮山、玉米、青菜、牛肉、雞肉等。

〔清〕胤禛耕織圖冊（局部）

十月廿四日　霜降

閱邸報老舅自擔驚

〔卷九十九〕

守官箴惡奴同破例　閱邸報老舅自擔驚

十月廿五日

卷九十九

一日，在公館閑坐，見桌上堆著一堆字紙，賈政一一看去，見刑部一本：「為報明事，會看得金陵籍行商薛蟠……」賈政便吃驚道：「了不得！已經提本了。」隨用心看下去，是薛蟠毆傷張三身死，串囑屍證，捏供誤殺一案。賈政一拍桌道：「完了！」

……

賈政因薛姨媽之託，曾託過知縣；若請旨革審起來，牽連著自己，好不放心。即將下一本開看，偏又不是，只好翻來覆去，將報看完，終沒有接這一本的，心中狐疑不定，更加害怕起來。正在納悶，只見李十兒進來：「請老爺到官廳伺候去，大人衙門已經打了二鼓了。」賈政只是發怔，沒有聽見。李十兒又請一遍。賈政道：「這便怎麼處？」李十兒道：「老爺有什麼心事？」賈政將看報之事說了一遍。李十兒道：「老爺放心。若是部裡這麼辦了，還算便宜薛大爺呢！奴才在京的時候，聽見薛大爺在店裡叫了好些媳婦，都喝醉了生事，直把個當槽兒的活活打死的。奴才聽見不但是託了知縣，還求璉二爺去花了好些錢，各衙門打通了，才提的，不知道怎麼部裡沒有弄明白。如今就是鬧破了，也是官官相護的，不過認個承審不實，革職處分罷，那裡還肯認得銀子聽情呢？老爺不用想，等奴才再打聽罷，不要誤了上司的事。」賈政道：「你們那裡知道？只可惜那知縣聽了一個情，把這個官都丟了，還不知道有罪沒有呢！」

十月廿六日

李十兒道：「如今想他也無益，外頭伺候著好半天了，請老爺就去罷。」

鬼臉青

【出處】 黛玉因問：「這也是舊年的雨水？」妙玉冷笑道：「你這麼個人，竟是大俗人，連水也嘗不出來。這是五年前我在玄墓蟠香寺住著，收的梅花上的雪，統共得了那一鬼臉青的花甕一甕，總捨不得吃，埋在地下，今年夏天才開了。我只吃過一回，這是第二回了。你怎麼嘗不出來？隔年蠲的雨水，那有這樣清淳，如何吃得。」（卷四十一）

【釋義】 一說為宋、元時鈞窯所燒製的窯變釉瓷器，因窯內火候溫度不勻，釉有薄厚，形成大小不一的各色斑塊，如鬼臉一般，因此得名。

〔元〕鈞窯蓋罐

十月廿七日

悲遠嫁寶玉感離情

[卷一百]

破好事香菱結深恨　　悲遠嫁寶玉感離情

十月廿八日

卷一百

　　寶玉本想念黛玉，因此及彼，又想跟黛玉的人已經雲散，更加納悶。悶到無可如何，忽又想黛玉死得這樣清楚，必是離凡返仙去了，反又喜歡。忽然聽見襲人和寶釵那裡講究探春出嫁之事，寶玉聽了，「啊呀」的一聲，哭倒在炕上。唬得寶釵襲人都來扶起，說：「怎麼了？」寶玉早哭的說不出來，定了一回子神，說道：「這日子過不得了！我姊妹們都一個一個的散了！林妹妹是成了仙去了。大姊姊呢，已經死了，這也罷了，沒天天在一塊。二姊姊呢，碰著了一個混帳不堪的東西。三妹妹又要遠嫁，總不得見的了。史妹妹又不知要到那裡去？薛妹妹是有了人家的。這些姊姊妹妹，難道一個都不留在家裡，單留我做什麼？」襲人忙又拿話解勸。寶釵擺著手說：「你不用勸他，讓我來問他。」因問著寶玉道：「據你的心裡，要這些姊妹都在家裡陪到你老了，都不要為終身的事嗎？若說別人，或者還有別的想頭。你自己的姊姊妹妹，不用說沒有嫁的；就是有，老爺作主，你有什麼法兒？打量天下獨是你一個人愛姊姊妹妹呢？若是都像你，就連我也不能陪你了。大凡人念書，原為的是明理，怎麼你益發糊塗了？這麼說起來，我同襲姑娘各自一邊兒去，讓你把姊姊妹妹們都邀了來守著你。」寶玉聽了，兩隻手拉住寶釵襲人道：「我也知道。為什麼散的這麼早呢？等我化了灰的時候再散也不遲。」襲人掩著他的嘴道：「又胡

十月廿九日

說！才這兩天身上好些，二奶奶才吃些飯。若是你又鬧翻了，我也不管了。」寶玉慢慢的聽他兩個人說話都有道理，只是心上不知道怎樣才好，只得強說道：「我卻明白，但只是心裡鬧得慌。」

流雲百蝠

【出處】 原來四面皆是雕空玲瓏木板，或「流雲百蝠」，或「歲寒三友」，或山水人物，或翎毛花卉，或集錦，或博古，或萬福萬壽，各種花樣，皆是名手雕鏤，五彩銷金嵌玉的。（卷十七）

【釋義】 流雲，繚繞流動的祥雲。蝠，諧音「福」，「百蝠」即「百福」之意。以祥雲為地，飛翔的蝙蝠分布其間，寓吉祥多福，是清代流行的吉祥圖案之一。此圖案應用頗廣，多見於內檐裝修、家具、織物、瓷器等。

〔清〕粉彩描金百蝠蓮壽賞瓶

十月卅日

柚子

【出處】 那板兒因玩了半日佛手，此刻又兩手抓著些果子吃，又見這個柚子又香又圓，更覺好，且當球踢著玩去，也就不要佛手了。（卷四十一）

【釋義】 芸香科常綠喬木，果實營養豐富，藥用價值高。果肉性寒，味甘、酸，有止咳平喘、清熱化痰、健脾消食等功效；柚子皮味苦、辛，有理氣化痰、健脾消食、散寒燥濕的作用。庚辰本批云：「柚子即今香園之屬也，應與緣通。」指板兒與大姊兒當有姻緣之分。

十月卅一日

拾壹月

散花寺神籤占異兆

大觀園月夜感幽魂　散花寺神籤驚異兆

十一月一日

卷一百一

　　這裡鳳姊勉強扎掙著，到了初一清早，令人預備了車馬，帶著平兒並許多奴僕，來至散花寺。大了帶了眾姑子接了進去，獻茶後，便洗手至大殿上焚香。那鳳姊兒也無心瞻仰聖像，一秉虔誠，磕了頭，舉起籤筒，默默的將那見鬼之事並身體不安等故，祝告了一回，才搖了三下，只聽「唰」的一聲，筒中擻出一支籤來。於是叩頭，拾起一看，只見寫著「第三十三籤，上上大吉」。大了忙查籤薄看時，只見上面寫著：「王熙鳳衣錦還鄉。」鳳姊一見這幾個字，吃一大驚，驚問大了道：「古人也有叫王熙鳳的麼？」大了笑道：「奶奶最是通今博古的，難道漢朝的王熙鳳求官的這一段事也不曉得？」周瑞家的在旁笑道：「前年李先兒還說這一回書的。我們還告訴他重著奶奶的名字，不要叫呢。」鳳姊笑道：「可是呢，我倒忘了。」說著，又瞧底下的，寫的是：

　　去國離鄉二十年，於今衣錦返家園。蜂採百花成蜜後，為誰辛苦為誰甜？

　　行人至。音信遲。訟宜和。婚再議。

　　看完也不甚明白。大了道：「奶奶大喜，這一籤巧得很。奶奶自幼在這裡長大，何曾回南京去了？如今老爺放了外任，或者接家眷來，順便還家，奶奶可不是『衣錦還鄉』了？」一面說，一面抄了個籤經交與丫頭。鳳姊也半疑半信的。大了擺了齋來，鳳姊

只動了一動，放下了要走，又給了香銀。大了苦留不住，只得讓他走了。鳳姊回至家中，見了賈母王夫人等，問起籤來，命人一解，都歡喜非常：「或者老爺果有此心，咱們走一趟也好！」鳳姊兒見人人這麼說，也就信了，不在話下。

建蓮紅棗湯

【出處】 小丫頭便用小茶盤捧了一蓋碗建蓮紅棗湯來，寶玉喝了兩口。（卷五十二）

【釋義】 建蓮，產自福建建寧的蓮子，歷代為貢品，蓮子味甘、性平，具有補脾止瀉、益腎固精、養心安神等功效。紅棗味甘、性溫，可補中益氣、養血安神。這道甜品營養滋補，是日常養生佳品。

十一月三日

篆文：寧國府肉病災祲

[卷一百二]

寧國府骨肉病災祲　大觀園符水驅妖孽

十一月四日

卷一百二

那日，尤氏過來送探春起身，因天晚省得套車，便從前年在園裡開通寧府的那個便門裡走過去了，覺得淒涼滿目，台榭依然，女牆一帶都種作園地一般，心中悵然如有所失。因到家中，便有些身上發熱，扎掙一兩天，竟躺倒了。日間的發燒猶可，夜裡身熱異常，便譫語綿綿。賈珍連忙請了大夫看視，說感冒起的，如今纏經入了足陽明胃經，所以譫語不清，如有所見，有了大穢，即可身安。

尤氏服了兩劑，並不稍減，更加發起狂來。賈珍著急，便叫賈蓉來：「打聽外頭有好醫生，再請幾位來瞧瞧。」賈蓉回道：「前兒這位太醫是最興時的了，只怕我母親的病不是藥治得好的。」賈珍道：「胡說！不吃藥，難道由他去罷？」賈蓉道：「不是說不治，為的是前日母親從西府去，回來是穿著園子裡走來家的。一到了家，就身上發燒，別是撞客著了罷。外頭有個毛半仙，是南方人，卦起的很靈，不如請他來占卦占卦。看有信兒呢，就依著他；要是不中用，再請別的好大夫來。」賈珍聽了，即刻叫人請來，坐在書房內喝了茶，便說：「府上叫我，不知占什麼事？」賈蓉道：「家母有病，請教一卦。」毛半仙道：「既如此，取淨水洗手，設下香案，讓我起出一課來看就是了。」一時，下人安排定了，他便懷裡掏出卦筒來，走到上頭，恭恭敬敬的作了一個揖，手內搖著卦筒，口裡念道：「伏以太極兩儀，絪縕交

十一月五日

感，圖書出而變化不窮，神聖作而誠求必應。茲有信官賈某，為因母病，虔請伏羲、文王、周公、孔子四大聖人，鑒臨在上，誠感則靈，有凶報凶，有吉報吉。先請內象三爻。」

施毒計金桂自焚身

施毒計金桂自焚身　昧真禪雨村空遇舊

十一月六日

卷一百三

　　且說賈雨村升了京兆府尹，兼管稅務。一日，出都查勘開墾地畝，路過知機縣，到了急流津，正要渡過彼岸，因待人夫，暫且停轎。只見村旁有一座小廟，牆壁坍頹，露出幾株古松，倒也蒼老。雨村下轎，閑步進廟，但見廟內神像，金身脫落，殿宇歪斜，旁有斷碣，字跡模糊，也看不明白。意欲行至後殿，只見一株翠柏下蔭著一間茅廬，廬中有一個道士，合眼打坐。雨村走近看時，面貌甚熟，想著倒像在那裡見來的，一時再想不出來。從人便欲吆喝，雨村止住，徐步向前，叫一聲「老道」。那道士雙眼微啟，微微的笑道：「貴官何事？」雨村便道：「本府出都查勘事件，路過此地，見老道靜修自得，想來道行深通，意欲冒昧請教。」那道人說：「來自有地，去自有方。」雨村知是有些來歷的，便長揖請問：「老道從何處修來，在此結廬？此廟何名？廟中共有幾人？或欲真修，豈無名山？或欲結緣，何不通衢？」那道人道：「『葫蘆』尚可安身，何必名山結舍？廟名久隱，斷碣猶存，形影相隨，何須修募？豈似那『玉在櫝中求善價，釵於奩內待時飛』之輩耶！」

　　雨村原是個穎悟人，初聽見「葫蘆」兩字，後聞「玉釵」一對，忽然想起甄士隱的事來，重複將那道士端詳一回，見他容貌依然，便屏退從人，問道：「君家莫非甄老先生麼？」那道人從容笑道：「什麼

『真』，什麼『假』！要知道『真』即是『假』，『假』即是『真』。」雨村聽說出「賈」字來，益發無疑，便從新施禮，道：「學生自蒙慨贈到都，托庇獲雋公車，受任貴鄉，始知老先生超悟塵凡，飄舉仙境。學生雖溯洄思切，自念風塵俗吏，未由再睹仙顏，今何幸於此處相遇！求老仙翁指示愚蒙。倘荷不棄，京寓甚近，學生當得供奉，得以朝夕聆教。」那道人也站起來回禮，道：「我於蒲團之外，不知天地間尚有何物。適才尊官所言，貧道一概不解。」說畢，依舊坐下。

立冬

　　《月令七十二候集解》：「十月節。立字解見前。冬，終也，萬物收藏也。」立冬三候：一候水始冰，二候地始凍，三候雉入大水為蜃。立冬為冬日之始，寒氣入侵，人體陽氣潛藏，陰氣日盛，故此時養生以防寒護陽為主，應順應天時，早睡晚起，睡前以熱水泡腳，揉搓足心，可防感冒、消除疲勞，有助睡眠。飲食方面，可多食滋陰、高熱量食物，如牛肉、羊肉、鹿肉、鴿、魚類、雞蛋、牛奶、豆製品、蘿蔔、青菜、木耳等。賈母所吃的牛乳蒸羊羔，寶玉與眾姊妹烤的鹿肉，均是冬日進補佳品。

〔清〕胤禛耕織圖冊（局部）

十一月八日　立冬

醉金剛小鰍生大浪

醉金剛小鰍生大浪　癡公子餘痛觸前情

十一月九日

卷一百四

明日，又行一程，進了都門，眾衙役接著，前呼後擁的走著。雨村坐在轎內，聽見轎前開路的人吵嚷。雨村問是何事，那開路的拉了一個人過來跪在轎前，稟道：「那人酒醉，不知回避，反衝突過來。小的吆喝他，他倒恃酒撒賴，躺在街心，說小的打了他了。」雨村便道：「我是管這裡地方的，你們都是我的子民。知道本府經過，喝了酒，不知退避，還敢撒賴！」那人道：「我喝酒是自己的錢，醉了，躺的是皇上的地，便是大人老爺也管不得。」雨村怒道：「這人目無法紀，問他叫什麼名字。」那人回道：「我叫醉金剛倪二。」雨村聽了生氣，叫人：「打這金剛，瞧他是金剛不是！」手下把倪二按倒，著實的打了幾鞭。倪二負痛，酒醒求饒，雨村在轎內笑道：「原來是這麼個金剛！我且不打你，叫人帶進衙門慢慢的問你。」眾衙役答應，捽了倪二，拉著便走。倪二哀求，也不中用。

雨村進內覆旨回曹，那裡把這件事放在心上。那街上看熱鬧的，三三兩兩傳說：「倪二仗著有些力氣，恃酒訛人，今兒碰在賈大人手裡，只怕不輕饒的。」這話已傳到他妻女耳邊，那夜果等倪二不見回家，他女兒便到各處賭場尋覓。那賭博的都是這麼說，他女兒急得哭了。眾人都道：「你不用著急。那賈大人是榮府的一家。榮府裡的一個什麼二爺和你父親相好，你同你母親去找他說個情，就放出來了。」

倪二的女兒聽了想了一想:「果然我父親常說間壁賈
二爺和他好,為什麼不找他去?」趕著回來即和母親
說了,娘兒兩個去找賈芸。

葛布

【出處】 見賈政同司員登記物件,一人報說:「氈
毯三十卷,妝蟒緞八卷。葛布三捆,各色布三捆。各
色皮衣一百三十二件。」(卷一百五)

【釋義】 葛,多年生蔓草,取其莖之纖維織就的布
名「葛布」,俗稱「夏布」,用作衣料或製巾。《詩
經·葛覃》:「葛之覃兮,施於中谷,維葉莫莫。是
刈是濩,為絺為綌,服之無斁。」可見人們很早就開
始用葛藤纖維紡織製衣。徐珂《清稗類鈔》:「瀏陽

〔明〕千秋絕豔圖(局部)

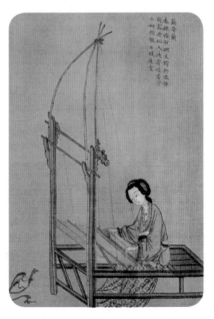

出葛布，其尤精者曰銀葛，以有白光而亮類銀，故
名。祁陽之葛布極細澤者，多幼女所織，號『女兒
葛』，亦稱『葛緞』。」

錦衣軍查抄寧國府

[卷一百五]

錦衣軍查抄寧國府　驄馬使彈劾平安州

十一月十二日

卷一百五

　　不多一回，只見進來無數番役，各門把守，本宅上下人等一步不能亂走。趙堂官便轉過一副臉來，回王爺道：「請爺宣旨意，就好動手。」這些番役都撩衣勒臂，專等旨意。西平王慢慢的說道：「小王奉旨，帶領錦衣府趙全來查看賈赦家產。」賈赦等聽見，俱俯伏在地。王爺便站在上頭說：「有旨意：賈赦交通外官，依勢凌弱，辜負朕恩，有忝祖德，著革去世職。欽此。」趙堂官一疊聲叫：「拿下賈赦。其餘皆看守。」維時，賈赦、賈政、賈璉、賈珍、賈蓉、賈薔、賈芝、賈蘭俱在，惟寶玉假說有病，在賈母那邊打鬧，賈環本來不大見人的，所以就將現在幾人看住。

　　趙堂官即叫他的家人傳齊司員，帶同番役，分頭按房，查抄登賬。這一言不打緊，唬得賈政上下人等面面相看，喜得番役家人摩拳擦掌，就要往各處動手。西平王道：「聞得赦老與政老同房各爨的，理應遵旨查看賈赦的家資。其餘且按房封鎖，我們覆旨去，再候定奪。」趙堂官站起來說：「回王爺：賈赦賈政並未分家。聞得他侄兒賈璉現在承總管家，不能不盡行查抄。」西平王聽了，也不言語。趙堂官便說：「賈璉賈赦兩處須得奴才帶領去查抄才好。」西平王便說：「不必忙。先傳信後宅，且請內眷回避，再查不遲。」一言未了，老趙家奴番役，已經拉著本宅家人領路，分頭查抄去了。王爺喝命：「不許羅

啍,待本爵自行查看!」說著,便慢慢的站起來要
走,又吩咐說:「跟我的人一個不許動,都給我站在
這裡候著,回來一齊瞧著登數。」

脂玉

【出處】 「上用蟒緞迎手靠背三分。宮妝衣裙八套。脂玉圈帶一條。黃緞十二卷。潮銀五千二百兩。赤金五十兩。錢七千吊。」（卷一百五）

【釋義】 即羊脂玉，白玉中的上品，產於新疆和田，因玉質潔白晶瑩，細膩溫潤而得名。羊脂玉分籽料及山料，籽料是原生礦經剝離進入河中，經過千百萬年河床沖刷、搬運而形成，質地細密、溫潤如凝脂；山料則源自山上的原生礦，品質遜於籽玉。羊脂玉產量稀少，故尤為珍貴。古人賦予玉「五德」「九德」「十一德」，孔子認為玉具有「仁、智、義、禮、樂、忠、信、天、地、德、道」等十一種品德。從「君子比德於玉，溫潤而澤仁也」、「古之君子必佩玉」、「君子無故玉不去身」等句，古人之愛玉可見一斑。

十一月十四日

賈太君禱天消禍患

王熙鳳致禍抱羞慚　賈太君禱天消禍患

十一月十五日

卷一百六

　　且說賈母見祖宗世職革去，現在子孫在監質審，邢夫人尤氏等日夜啼哭，鳳姐病在垂危，雖有寶玉寶釵在側，只可解勸，不能分憂，所以日夜不寧，思前想後，眼淚不乾。一日傍晚，叫寶玉回去，自己扎掙坐起，叫鴛鴦等各處佛堂上香；又命自己院內焚起斗香，用拐拄著，出到院中。琥珀知是老太太拜佛，鋪下大紅短氈拜墊。賈母上香跪下，磕了好些頭，念了一回佛，含淚祝告天地道：「皇天菩薩在上，我賈門史氏，虔誠禱告，求菩薩慈悲。我賈門數世以來，不敢行凶霸道。我幫夫助子，雖不能為善，亦不敢作惡。必是後輩兒孫驕侈暴佚，暴殄天物，以致閤府抄檢。現在兒孫監禁，自然凶多吉少，皆由我一人罪孽，不教兒孫，所以至此。我今叩求皇天保佑：在監的逢凶化吉，有病的早早安身。總有閤家罪孽，情願一人承當，只求饒恕兒孫。若皇天見憐我虔誠，早早賜我一死，寬免兒孫之罪。」默默說到此，不禁傷心，嗚嗚咽咽的哭泣起來。鴛鴦珍珠一面解勸，一面扶進房去。

十一月十六日

大紅漆捧盒

【出處】 劉姥姥只屏聲側耳默候，只聽遠遠有人笑聲，約有一二十個婦人，衣裙窸窣，往那邊屋內去了。又見兩三個婦人，都捧著大紅漆捧盒，進這邊來等候。（卷六）

【釋義】 用於盛放食品的紅色圓盒。大紅漆即大漆，又名天然漆、生漆、土漆，是從漆樹樹皮中提取的汁液加工而成的天然塗料。中國早在新石器時代起就熟知漆的性能並使用之，主要塗於日常器具及工藝品的表面。至明清時期，漆器工藝已達到了相當高的水準。書中提到的漆器不勝枚舉，有雕漆痰盒，填漆茶盤，金絲藤紅漆竹簾，黑漆竹簾等。

〔清〕剔紅庭院山水紋捧盒

十一月十七日

散餘資賈母明大義

散餘資賈母明大義　復世職政老沐天恩

十一月十八日

卷一百七

卻說賈母叫邢王二夫人同了鴛鴦等開箱倒籠，將做媳婦到如今積攢的東西都拿出來，又叫賈赦、賈政、賈珍等一一的分派說：「這裡現有的銀子交賈赦三千兩，你拿二千兩去做你的盤費使用，留一千給大太太零用。這三千給珍兒，你只許拿一千去，留下二千交你媳婦過日子。仍舊各自度日，房子是在一處，飯食各自吃罷。四丫頭將來的親事，還是我的事。只可憐鳳丫頭操心了一輩子，如今弄得精光，也給他三千兩，叫他自己收著，不許叫璉兒用。如今他還病得神昏氣短，叫平兒來拿去。這是你祖父留下的衣服，還有我少年穿的衣服首飾，如今我用不著。男的呢，叫大老爺、珍兒、璉兒、蓉兒拿去分了。女的呢，叫大太太、珍兒媳婦、鳳丫頭拿了分去。這五百兩銀子交給璉兒，明年將林丫頭的棺材送回南去。」分派定了，又叫賈政道：「你說現在還該著人的使用，這是少不得的，你叫拿這金子變賣償還。這是他們鬧掉了我的，你也是我的兒子，我並不偏向。寶玉已經成了家，我剩下這些金銀等物，大約還值幾千兩銀子，這是都給寶玉的了。珠兒媳婦向來孝順我，蘭兒也好，我也分給他們些。這便是我的事情完了。」

十一月十九日

醬蘿蔔炸

【出處】　柳家的忙丟了手裡的活計，便上來說道：「吃膩了腸子，天天又鬧起故事來了。雞蛋、豆腐，又是什麼麵筋、醬蘿蔔炸兒，敢自倒換口味。」（卷六十一）

【釋義】　一種用小蘿蔔製成的醬菜，因其口感嫩脆，入口即碎，故名「炸兒」。《童氏食規》中的做法：「醬小蘿蔔：小白者整用，線穿風乾，裝袋入甜醬，十日取起，拌勻花椒、蒔蘿。」此為江南一帶的常見小菜。

十一月廿日

湯婆子

【出處】 晴雯笑道:「終久暖和不成,我又想起來,湯婆子還沒拿來呢。」麝月道:「這難為你想著!他素日又不要湯壺,咱們那熏籠上又暖和,比不得那屋裡炕冷,今兒可以不用。」(卷五十一)

【釋義】 一種取暖工具,亦稱「腳婆」、「湯婆」、「暖足瓶」、「錫夫人」。《清稗類鈔》:「銅錫之扁瓶盛沸水,置衾中以暖腳,宋已有之。」宋黃庭堅〈戲詠暖足瓶〉詩云:「千錢買腳婆,夜夜睡到明。」

十一月廿一日

小雪

　　《月令七十二候集解》：「十月中。雨下而為寒氣所薄，故凝而為雪。」小雪三候：一候虹藏不見，二候天氣上升，三候閉塞成冬。小雪之後，天氣陰冷，氣溫降幅明顯，真正進入冬季，陰邪易入侵，損耗陽氣，應早睡晚起，保持身心舒泰。飲食方面，可適當減鹹增苦，腎主鹹，心主苦，此時腎氣旺盛，故應泄腎火，養心氣。飲食方面，宜吃羊肉、牛肉、雞肉、芡實、山藥、苦瓜、蘿蔔、黑木耳、黑芝麻、黑豆、栗子、白果、核桃等。

〔清〕胤禛耕織圖冊（局部）

十一月廿二日　小雪

死纏綿瀟
湘聞鬼
哭

[卷一百八]

強歡笑蘅蕪慶生辰　死纏綿瀟湘聞鬼哭

十一月廿三日

卷一百八

　　寶玉進得園來，只見滿目淒涼。那些花木枯萎，更有幾處亭館，彩色久經剝落。還遠遠望見一叢修竹，倒還茂盛。寶玉一想，說：「我自病時出園，住在後邊，一連幾個月不准我到這裡，瞬息荒涼。你看獨有那幾竿翠竹菁蔥，這不是瀟湘館麼？」襲人道：「你幾個月沒來，連方向都忘了。咱們只管說話，不覺將怡紅院走過了。」回過頭來用手指著道：「這才是瀟湘館呢。」寶玉順著襲人的手一瞧，道：「可不是過了嗎？咱們回去瞧瞧。」襲人道：「天晚了，老太太必是等著吃飯，該回去了。」寶玉不言，找著舊路，竟往前走。你道寶玉雖離了大觀園將及一載，豈遂忘了路徑？只因襲人恐他見了瀟湘館，想起黛玉，又要傷心，所以用言混過。豈知寶玉只望裡走，天又晚，招了邪氣，故寶玉問他，只說已走過了，欲寶玉不去，不料寶玉的心惟在瀟湘館內。

　　襲人見他往前急走，只得趕上。見寶玉站著，似有所見，如有所聞，便道：「你聽什麼？」寶玉道：「瀟湘館倒有人住著麼？」襲人道：「大約沒有人罷。」寶玉道：「我明明聽見有人在內啼哭，怎麼沒有人？」襲人道：「你是疑心。素常你到這裡，常聽見林姑娘傷心，所以如今還是那樣。」寶玉不信，還要聽去。婆子們趕上說道：「二爺快回去罷，天已晚了。別處我們還敢走走；只是這裡路又隱僻，又聽得人說，這裡林姑娘死後，常聽見有哭聲，所以人都

十一月廿四日

不敢走的。」寶玉襲人聽說，都吃了一驚。寶玉道：
「可不是。」說著，便滴下淚來，說：「林妹妹，林
妹妹！好好兒的，是我害了你了！你別怨我，只是父
母作主，並不是我負心。」愈說愈痛，便大哭起來。

茶泡飯

【出處】 寶玉卻等不得，只拿茶泡了一碗飯，就著野雞瓜子，忙忙的爬拉完了。賈母道：「我知道你們今兒又有事情，連飯也不顧吃。」（卷四十九）

【釋義】 即用熱茶水泡冷飯，一般選用綠茶，吃時佐以小菜，清淡爽口，解膩消食。此為古南京人之食俗。清冒襄《影梅庵憶語》中記述董小宛「每飯，以岕茶一小壺溫淘，佐以水菜、香豉數莖粒，便足一餐」。日本的武士在行軍作戰中用熱茶泡米飯，加上梅乾、海苔等佐料食用，可迅速補充元氣，故茶泡飯亦被稱為「武士之食」，如今仍是日本的家常飯食。

十一月廿五日

候芳魂五兒承錯愛

[卷一百九]

候芳魂五兒承錯愛　還孽債迎女返真元

十一月廿六日

卷一百九

　　這裡麝月五兒兩個人也收拾了被褥，伺候寶玉睡著，各自歇下。那知寶玉要睡越睡不著，見他兩個人在那裡打鋪，忽然想起那年襲人不在家時，晴雯麝月兩個人服侍，夜間麝月出去，晴雯要唬他，因為沒穿衣服，著了涼，後來還是從這個病上死的。想到這裡，一心移在晴雯身上去了。忽又想起鳳姊說五兒給晴雯脫了個影兒，因又將想晴雯的心腸移在五兒身上。自己假裝睡著，偷偷的看那五兒，越瞧越像晴雯，不覺呆性復發。聽了聽裡間已無聲息，知是睡了；卻見麝月睡著了，便故意叫了麝月兩聲，卻不答應。五兒聽見寶玉喚人，便問道：「二爺要什麼？」寶玉道：「我要漱漱口。」五兒見麝月已睡，只得起來，重新剪了蠟花，倒了一鍾茶來，一手托著漱盂。卻因趕忙起來的，身上只穿著一件桃紅綾子小襖兒，鬆鬆的挽著一個纂兒。寶玉看時，居然晴雯復生。忽又想起晴雯說的「早知擔個虛名，也就打個正經主意了」。不覺呆呆的呆看，也不接茶。

　　那五兒自從芳官去後，也無心進來了。後來聽得鳳姊叫他進來伏侍寶玉，竟比寶玉盼他進來的心還急。不想進來以後，見寶釵襲人一般尊貴穩重，看著心裡實在敬慕；又見寶玉瘋瘋傻傻，不似先前豐致；又聽見王夫人為女孩子們和寶玉玩笑都攆了：所以把這件事擱在心上，倒無一毫的兒女私情了。怎奈這位呆爺今晚把他當作晴雯，只管愛惜起來。

十一月廿七日

風爐

【出處】 那邊有兩三個丫頭爐風爐煮茶,這一邊另外幾個丫頭也爐風爐燙酒呢。(卷三十八)

【釋義】 一種專用於煮茶的爐子,也稱「茶爐」。唐陸羽《茶經》形容:「風爐以銅鐵鑄之,如古鼎形,厚三分,緣闊九分,令六分虛中,致其圬墁,凡三足。」

〔宋〕劉松年 攆茶圖(局部)

十一月廿八日

史太君壽終歸地府

[卷一百十]

史太君壽終歸地府　　王鳳姊力詘失人心

十一月廿九日

卷一百十

卻說賈母坐起說道:「我到你們家已經六十多年了,從年輕的時候到老來,福也享盡了。自你們老爺起,兒子孫子也都算是好的了。就是寶玉呢,我疼了他一場……」說到那裡,拿眼滿地下瞅著。王夫人便推寶玉走到床前。賈母從被窩裡伸出手來拉著寶玉,道:「我的兒,你要爭氣才好!」寶玉嘴裡答應,心裡一酸,那眼淚便要流下來,又不敢哭,只得站著。聽賈母說道:「我想再見一個重孫子,我就安心了。我的蘭兒在那裡呢?」李紈也推賈蘭上去。賈母放了寶玉,拉著賈蘭,道:「你母親是要孝順的。將來你成了人,也叫你母親風光風光。鳳丫頭呢?」鳳姊本來站在賈母旁邊,趕忙走到眼前,說:「在這裡呢。」賈母道:「我的兒,你是太聰明了,將來修修福罷!我也沒有修什麼,不過心實吃虧。那些吃齋念佛的事我也不大幹,就是舊年叫人寫了些《金剛經》送送人,不知送完了沒有?」鳳姊道:「沒有呢。」賈母道:「早該施捨完了才好。我們大老爺和珍兒是在外頭樂了;最可惡的是史丫頭沒良心,怎麼總不來瞧我。」鴛鴦等明知其故,都不言語。賈母又瞧了一瞧寶釵,嘆了口氣,只見臉上發紅。賈政知是迴光返照,即忙進上參湯。賈母的牙關已經緊了,合了一回眼,又睜著滿屋裡瞧了一瞧。王夫人寶釵上去,輕輕扶著,邢夫人鳳姊等便忙穿衣。地下婆子們已將床安設停當,鋪了被褥。聽見賈母喉間略一響動,臉變笑容,竟是去了。享年八十三歲。眾婆子疾忙停床。

十一月卅日

拾貳月

鴛鴦女殉主登太虛

鴦殉
虛澄

[卷一百十一]

鴛鴦女殉主登太虛　狗彘奴欺天招夥盜

十二月一日

卷一百十一

誰知此時鴛鴦哭了一場，想到：「自己跟著老太太一輩子，身子也沒有著落。如今大老爺雖不在家，大太太的這樣行為，我也瞧不上。老爺是不管事的人，以後便『亂世為王』起來了。我們這些人不是要叫他們撥弄了麼。誰收在屋子裡，誰配小子，我是受不得這樣折磨的，倒不如死了乾淨。但是一時怎麼樣的個死法呢？」一面想，一面走回到老太太的套間屋內。剛跨進門，只見燈光慘澹，隱隱有個女人拿著汗巾子，好似要上吊的樣子。鴛鴦也不驚怕，心裡想道：「這一個是誰？和我的心事一樣，倒比我走在頭裡了。」便問道：「你是誰？咱們兩個人是一樣的心，要死一塊兒死。」那個人也不答言。鴛鴦走到跟前一看，並不是這屋子的丫頭。再仔細一看，覺得冷氣侵人，一時就不見了。鴛鴦呆了一呆，退出在炕沿上坐下，細細一想，道：「哦！是了。這是東府裡的小蓉大奶奶啊！他早死了的了，怎麼到這裡來？必是來叫我來了。他怎麼又上吊呢？」想了一想，道：「是了，必是教給我死的法兒。」

鴛鴦這麼一想，邪侵入骨，便站起來，一面哭，一面開了妝匣，取出那年鉸的一絡頭髮，揣在懷裡，就在身上解下一條汗巾，按著秦氏方才比的地方拴上。自己又哭了一回，聽見外頭人客散去，恐有人進來，急忙關上屋門，然後端了一個腳凳，自己站上，把汗巾拴上扣兒，套在咽喉，便把腳凳蹬開。可憐咽喉氣絕，香魂出竅。

十二月二日

鏡台

【出處】 林黛玉還要往下寫時，覺得渾身火熱，面上作燒，走至鏡台，揭起錦袱一照，只見腮上通紅，真合壓倒桃花，卻不知病由此萌。一時方上床睡去，猶拿著帕子思索，不在話下。（卷三十四）

【釋義】 古代婦女梳妝用的家具，多為木質，台面上裝圍欄，立有三至五扇屏風，前方留有豁口，正中置鏡子，下方有數量不等的抽屜，通常施以精美的雕刻鑲嵌工藝，明清時為常見的居家陳設。

〔明〕黃花梨五屏風式麒麟送子紋鏡台

十二月三日

活冤孽妙尼遭大劫

活冤孽妙尼遭大劫　死讎仇趙妾赴冥曹

十二月四日

卷一百十二

　　等到四更，見裡頭只有一盞海燈，妙玉一人在蒲團上打坐。歇了一會，便噯聲嘆氣的說道：「我自元墓到京，原想傳個名的，為這裡請來，不能又棲他處。昨兒好心去瞧四姑娘，反受了這畫人的氣，夜裡又受了大驚。今日回來，那蒲團再坐不穩，只覺肉跳心驚。」因素常一個打坐的，今日又不肯叫人相伴。豈知到了五更，寒顫起來。正要叫人，只聽見窗外一響，想起昨晚的事，更加害怕，不免叫人。豈知那些婆子都不答應。自己坐著，覺得一股香氣透入囟門，便手足麻木，不能動彈，口裡也說不出話來，心中更自著急。只見一個人拿著明晃晃的刀進來。此時妙玉心中卻是明白，只不能動，想是要殺自己，索性橫了心，倒也不怕。那知那個人把刀插在背後，騰出手來，將妙玉輕輕的抱起，輕薄了一會子，便拖起背在身上。此時妙玉心中只是如醉如癡。可憐一個極潔極淨的女兒，被這強盜的悶香熏住，由著他撥弄了去了。

　　卻說這賊背了妙玉，來到園後牆邊，搭了軟梯，爬上牆，跳出去了，外邊早有夥計弄了車輛在園外等著。那人將妙玉放倒在車上，反打起官銜燈籠，叫開柵欄，急急行到城門，正是開門之時。門官只知是有公幹出城的，也不及查詰。趕出城去，那夥賊加鞭，趕到二十里坡，和眾強徒打了照面，各自分頭奔南海而去。不知妙玉被劫，或是甘受污辱，還是不屈而死，不知下落，也難妄擬。

十二月五日

藕粉桂花糖糕

【出處】 丫頭聽說，便去抬了兩張几來，又端了兩個小捧盒。揭開看時，每個盒內兩樣。這盒內是兩樣蒸食：一樣是藕粉桂花糖糕，一樣是松穰鵝油卷。（卷四十一）

【釋義】 一種以藕粉和米粉加桂花糖製作的江南糕點。《本草綱目拾遺》云，藕粉「調中開胃，補髓益血，通氣分，清表熱，常食安神生智慧，解暑生津，消食止瀉」，是一種傳統的保健養生食品。桂花味辛，性溫，有化痰、止咳、生津、止牙痛等功效，且氣味香甜，適宜製作糕點、糖，釀酒等。

十二月六日

大雪

《月令七十二候集解》：「十一月節。大者，盛也。至此而雪盛矣。」大雪三候：一候鶡鴠不鳴，二候虎始交，三候荔挺出。此時天氣寒冷，陰氣旺盛，養生方面，以養腎護心、袪寒保暖為要，適當溫補以補充熱量，促進體內陽氣的升發。飲食方面，可多吃羊肉、牛肉、雞肉、鵪鶉、紅棗、核桃、百合、柚子、枸杞等富含蛋白質和維生素的食物。

〔清〕胤禛耕織圖冊（局部）

十二月七日　大雪

釋舊憾情婢感痴郎

[卷一百十三]

懺宿冤鳳姐托村嫗　釋舊憾情婢感癡郎

十二月八日

卷一百十三

　　紫鵑在屋裡，不見寶玉言語，知他素有癡病，恐怕一時實在搶白了他，勾起他的舊病，倒也不好了，因站起來，細聽了一聽，又問道：「是走了，還是傻站著呢？有什麼又不說，盡著在這裡慪人。已經慪死了一個，難道還要慪死一個麼？這是何苦來呢！」說著，也從寶玉舐破之處往外一張，見寶玉在那裡呆聽。紫鵑不便再說，回身剪了剪燭花。忽聽寶玉嘆了一聲道：「紫鵑姊姊，你從來不是這樣鐵心石腸，怎麼近來連一句好好兒的話都不和我說了？我固然是個濁物，不配你們理我；但只我有什麼不是，只望姊姊說明了，那怕姊姊一輩子不理我，我死了倒作個明白鬼呀！」紫鵑聽了，冷笑道：「二爺就是這個話呀，還有什麼？若就是這個話呢，我們姑娘在時，我也跟著聽俗了；若是我們有什麼不好處呢，我是太太派來的，二爺倒是回太太去，左右我們丫頭們更算不得什麼了！」說到這裡，那聲兒便哽咽起來，說著，又醒鼻涕。寶玉在外知他傷心哭了，便急的跺腳道：「這是怎麼說！我的事情，你在這裡幾個月，還有什麼不知道的？就便別人不肯替我告訴你，難道你還不叫我說，叫我憋死了不成！」說著，也嗚咽起來了。

十二月九日

香篆

【出處】 妙玉提筆，一揮而就，遞與他二人，道：「休要見笑。依我必須如此，方翻轉過來。雖前頭有淒楚之句，亦無甚礙了。」二人接了看時，只見他續道：香篆銷金鼎，冰脂膩玉盆。簫增嫠婦泣，衾倩侍兒溫。（卷七十六）

【釋義】 用粉末狀的香粉時，先以模具壓印出花樣，稱「打香篆」，再點燃，壓印香印的模子稱為「香篆模」。

十二月十日

甄應嘉蒙恩還玉闕

〔卷一百十四〕

王熙鳳歷幻返金陵　甄應嘉蒙恩還玉闕

十二月十一日

卷一百十四

　　兩人正說著，門上的進來回道：「江南甄老爺到來了。」賈政便問道：「甄老爺進京為什麼？」那人道：「奴才也打聽了，說是蒙聖恩起復了。」賈政道：「不用說了，快請罷。」那人出去，請了進來。那甄老爺即是甄寶玉之父，名叫甄應嘉，表字友忠，也是金陵人氏，功勳之後。原與賈府有親，素來走動的。因前年掛誤革了職，動了家產；今遇主上眷念功臣，賜還世職，行取來京陛見。知道賈母新喪，特備祭禮，擇日到寄靈的地方拜奠，所以先來拜望。

　　賈政有服，不能遠接，在外書房門口等著。那位甄老爺一見，便悲喜交集，因在制中，不便行禮，遂拉著了手敘了些闊別思念的話，然後分賓主坐下，獻了茶，彼此又將別後事情的話說了。賈政問道：「老親翁幾時陛見的？」甄應嘉道：「前日。」賈政道：「主上隆恩，必有溫諭。」甄應嘉道：「主上的恩典，真是比天還高，下了好些旨意。」賈政道：「什麼好旨意？」甄應嘉道：「近來越寇猖獗，海疆一帶，小民不安，派了安國公征剿賊寇。主上因我熟悉土疆，命我前往安撫，但是即日就要起身。昨日知老太太仙逝，謹備瓣香至靈前拜奠，稍盡微忱。」賈政即忙叩首拜謝，便說：「老親翁即此一行，必是上慰聖心，下安黎庶。誠哉莫大之功，正在此行。但弟不克親睹奇才，只好遙聆捷報。現在鎮海統制是弟舍親，會時務望青照。」

十二月十二日

燒鹿肉

【出處】 湘雲便和寶玉計較道:「有新鮮鹿肉,不如咱們要一塊,自己拿了園裡弄著,又吃又玩。」寶玉聽了,真和鳳姊要一塊,命婆子送入園去。(卷四十九)

【釋義】 據《本草綱目》載:「鹿肉味甘,溫,無毒。補虛羸,益氣力,強五臟,養血生容。」鹿肉富含高蛋白,脂肪和膽固醇含量很低,補脾益氣、補腎益精的功效當居肉類之首,適合體質羸弱的人食用。寶玉和湘雲要來生鹿肉和鐵爐、鐵叉、鐵絲蒙,切片放在火上燒烤著吃,明代稱此法為「鹿炙」。《宋氏養生部‧獸屬制‧鹿炙》:「用肉皺二三寸長微薄軒,以地椒、花椒、蒔蘿、鹽少醃,置鐵床上傅煉火中炙,再浥汁,再炙之,俟香透徹為度。」

十二月十三日

証同類寶玉失相知

［卷一百十五］

惑偏私惜春矢素志　證同類寶玉失相知

十二月十四日

卷一百十五

　　且說賈寶玉見了甄寶玉，想到夢中之景，並且素知甄寶玉為人，必是和他同心，以為得了知己。因初次見面，不便造次，且又環賈蘭在坐，只有極力誇讚說：「久仰芳名，無由親近，今日見面，真是謫仙一流的人物。」那甄寶玉素來也知賈寶玉的為人，今日一見，果然不差，「只是可與我共學，不可與你適道。他既和我同名同貌，也是三生石上的舊精魂了。既我略知了些道理，怎麼不和他講講？但是初見，尚不知他的心與我同不同，只好緩緩的來。」便道：「世兄的才名，弟所素知的。在世兄是數萬人的裡頭選出來最清最雅的，在弟是庸庸碌碌一等愚人，忝附同名，殊覺玷辱了這兩個字。」賈寶玉聽了，心想：「這個人果然同我的心一樣的。但是你我都是男人，不比那女孩兒們清潔，怎麼他拿我當作女孩兒看待起來？」便道：「世兄謬讚，實不敢當。弟是至濁至愚，只不過一塊頑石耳，何敢比世兄品望高清，實稱此兩字。」甄寶玉道：「弟少時不知分量，自謂尚可琢磨；豈知家遭消索，數年來更比瓦礫猶賤。雖不敢說歷盡甘苦，然世道人情，略略的領悟了好些。世兄是錦衣玉食，無不遂心的，必是文章經濟，高出人上，所以老伯鍾愛，將為席上之珍：弟所以才說尊名方稱。」

十二月十五日

圍屏

【出處】 廳前平台上列下桌椅,又用一架大圍屏隔作兩間。凡桌椅形式皆是圓的,特取團圓之意。(卷七十五)

【釋義】 可以折疊的屏風,用以遮蔽視線或擋風,可由四、六、八、十二、二十四扇聯結而成,因無屏座,放置時可隨意開合折曲,也稱「折屏」。通常施以書畫、雕刻、鑲嵌等工藝,是明清時期常見的家具陳設。書中提及江南甄家一架十二扇大紅緞子刻絲「滿床笏」大屏,馮紫英帶來的一件紫檀雕刻、有二十四扇檔子的圍屏,均為工藝精湛之作。

〔清〕硬木嵌博古百寶花鳥圍屏

十二月十六日

送慈柩故鄉全孝道

[卷一百十六]

得通靈幻境悟仙緣　送慈柩故鄉全孝道

十二月十七日

卷一百十六

　　且說眾人見寶玉死去復生，神氣清爽，又加連日服藥，一天好似一天，漸漸的復原起來。便是賈政見寶玉已好，現在丁憂無事，想起賈赦不知幾時遇赦，老太太的靈柩久停寺內，終不放心，欲要扶柩回南安葬，便叫了賈璉來商議。賈璉便道：「老爺想得極是。如今趁著丁憂，幹了一件大事更好。將來老爺起了服，生恐又不能遂意了。但是我父親不在家，姪兒呢又不敢僭越。老爺的主意很好，只是這件事也得好幾千銀子。衙門裡緝贓，那是再緝不出來的。」賈政道：「我的主意是定了。只為大爺不在家，叫你來商議商議，怎麼個辦法。你是不能出門的，現在這裡沒有人，我為是好幾口材，都要帶回去的，一個怎麼樣的照應呢？想起把蓉哥兒帶了去，況且有他媳婦的棺材，也在裡頭。還有你林妹妹的，那時老太太的遺言，說跟著老太太一塊兒回去的。我想這一項銀子，只好在那裡挪借幾千，也就夠了。」賈璉道：「如今的人情過於淡薄。老爺呢，又丁憂；我們老爺呢，又在外頭。一時借是借不出來的了，只是拿房地文書出去押去。」賈政道：「住的房子是官蓋的，那裡動得？」賈璉道：「住房是不能動的。外頭還有幾所，可以出脫的，等老爺起復後再贖也使得。將來我父親回來了，倘能也再起用，也好贖的。只是老爺這麼大年紀，辛苦這一場，姪兒們心裡卻不安。」賈政道：「老太太的事是應該的。只要你在家謹慎些，把持定

十二月十八日

了才好。」賈璉道：「老爺這倒只管放心，侄兒雖糊
塗，斷不敢不認真辦理的。況且老爺回南，少不得多
帶些人去，所留下的人也有限了，這點子費用，還可
以過的來。就是老爺路上短少些，必經過賴尚榮的地
方，可也叫他出點力兒。」賈政道：「自己的老人家
的事，叫人家幫什麼。」賈璉答應了「是」，便退出
來，打算銀錢。

斗篷

【出處】 正說著，只見寶琴來了，披了一領斗篷，金翠輝煌，不知何物。寶釵忙問：「這是那裡的？」寶琴笑道：「因下雪珠兒，老太太找了這一件給我的。」（卷四十九）

【釋義】 披在肩上的無袖外衣，用以防風禦寒，又名「一口鐘」、「一裏圓」。斗篷是由蓑衣演變而來，最初用棕麻編成，以禦雨雪，名「斗襏」。至明代，出現絲織斗篷，不限雨雪天穿著。清代時，不論男女官民冬天外出皆喜披裏，入室行禮須脫去，否則視為不敬。清中期以後，婦女盛行穿著斗篷，製作工藝也更加考究精良，多以綢緞製成，亦有內襯皮毛者。在書中，斗篷是出場頻率很高的服飾，有大紅猩猩氈、大紅羽紗、灰鼠各色，賈母賞給寶玉的雀毛裘尤為稀罕。

十二月十九日

欣聚黨惡子獨承家

阻超凡佳人雙護玉　歡聚黨惡子獨承家

十二月廿日

卷一百十七

一日，邢大舅王仁都在賈家外書房喝酒，一時高興，叫了幾個陪酒的來唱著喝著勸酒。賈薔便說：「你們鬧的太俗，我要行個令兒。」眾人道：「使得。」賈薔道：「咱們『月』字流觴罷。我先說起，『月』字數到那個，便是那個喝酒。還要酒面酒底；須得依著令官，不依者罰三大杯。」眾人都依了。賈薔喝了一杯令酒，便說：「飛羽觴而醉月。」順飲數到賈環。賈薔說：「酒面要個『桂』字。」賈環便說道：「冷露無聲濕桂花。酒底呢？」賈薔道：「說個『香』字。」賈環道：「天香雲外飄。」大舅說道：「沒趣，沒趣！你又懂得什麼字了，也假斯文起來！這不是取樂，竟是慪人了。咱們都蠲了。倒是搳搳拳，輸家喝，輸家唱，叫做『苦中苦』。若是不會唱的，說個笑話兒也使得，只要有趣。」眾人都道：「使得。」於是亂搳起來。王仁輸了，喝了一杯，唱了一個，眾人道：「好！」又搳起來了，是個陪酒的輸了，唱了一個什麼「小姊小姊多豐彩」。以後邢大舅輸了，眾人要他唱曲兒。他道：「我唱不上來的，我說個笑話兒罷。」賈薔道：「若說不笑，仍要罰的。」

十二月廿一日

冬至

《月令七十二候集解》：「十一月中。終藏之氣至此而極也。」冬至三候：一候蚯蚓結，二候麋角解，三候水泉動。冬至這日，陰氣盛極而衰，陽氣開始生發。養生重點在於「藏」，應早睡晚起，養精蓄銳，安神調息，注意防寒保暖，堅持每晚臨睡前用熱水泡腳。飲食要清淡，忌辛辣肥膩，宜食羊肉、蘿蔔、蓮藕、白菜、核桃、花生、栗子、核桃等。在古代，冬至是十分重要的節日，宋孟元老《東京夢華錄》：「十一月冬至。京師最重此節，雖至貧者，一年之間，積累假借，至此日更易新衣，備辦飲食，享祀先祖。官放關撲，慶祝往來，一如年節。」

〔清〕胤禛耕織圖冊（局部）

十二月廿二日　冬至

警謎語妻妾諫癡人

[卷一百十八]

記微嫌舅兄欺弱女　驚謎語妻妾諫癡人

十二月廿三日

卷一百十八

　　卻說寶玉送了王夫人去後，正拿著〈秋水〉一篇在那裡細玩。寶釵從裡間走出，見他看的得意忘言，便走過來一看，見是這個，心裡著實煩悶，細想：「他只顧把這些『出世離群』的話當作一件正經事，終久不妥。」看他這種光景，料勸不過來，便坐在寶玉傍邊，怔怔的坐著。寶玉見他這般，便道：「你這又是為什麼？」寶釵道：「我想你我既為夫婦，你便是我終身的倚靠，卻不在情欲之私。論起榮華富貴，原不過是『過眼雲煙』；但自古聖賢，以人品根柢為重……」寶玉也沒聽完，把那本書擱在旁邊，微微的笑道：「據你說『人品根柢』，又是什麼『古聖賢』，你可知古聖賢說過『不失其赤子之心』。那赤子有什麼好處？不過是無知、無識、無貪、無忌。我們生來已陷溺在貪、嗔、癡、愛中，猶如污泥一般，怎麼能跳出這般塵網？如今才曉得『聚散浮生』四字，古人說了，曾不提醒一個。既要講到人品根柢，誰是到那太初一步地位的？」寶釵道：「你既說『赤子之心』，古聖賢原以忠孝為赤子之心，並不是遁世離群、無關無係為赤子之心。堯、舜、禹、湯、周、孔，時刻以救民濟世為心，所謂赤子之心，原不過是『不忍』二字。若你方才所說的忍於拋棄天倫，還成什麼道理？」寶玉點頭笑道：「堯舜不強巢許，武周不強夷齊。」寶釵不等他說完，便道：「你這個話，益發不是了。古來若都是巢、許、夷、齊，為什麼如

十二月廿四日

今人又把堯、舜、周、孔稱為聖賢呢？況且你自比夷齊，更不成話。伯夷叔齊原是生在殷商末世，有許多難處之事，所以才有托而逃。當此聖世，咱們世受國恩，祖父錦衣玉食；況你自有生以來，自去世的老太太，以及老爺太太，視如珍寶。你方才所說，自己想一想，是與不是？」寶玉聽了，也不答言，只有仰頭微笑。

消寒會

【出處】 寶玉道:「必是老太太忘了。明兒不是十一月初一日麼?年年老太太那裡必是個老規矩,要辦『消寒會』,齊打夥兒坐下,喝酒說笑。」(卷九十二)

【釋義】 古時富貴人家、文人雅士於冬至日聚會宴飲,吟詩作畫,以消磨寒冬,謂之「消寒會」。清《燕京雜記》:「冬月士大夫約同人圍爐飲酒,迭為賓主,謂之消寒社。」清方濬頤《夢園叢說》:「每當氍簾覆地,獸炭熾爐,暖室如春,招三五良朋,作

〔清〕陳枚 月曼清遊圖(局部)

消寒會。」冬至這日起，要畫《九九消寒圖》，《宛
平縣志》：「十一月冬至日，百官朝賀畢，退祀其
先，具刺互拜，如元旦儀。俗畫梅一枝，為瓣八十有
一，日染一瓣，瓣盡而『九』盡，則春深矣。」

沐皇恩賈家延世澤

［卷一百十九］

中鄉魁寶玉卻塵緣　沐皇恩賈家延世澤

十二月廿六日

卷一百十九

　　明日，賈蘭只得先去謝恩，知道甄寶玉也中了，大家序了同年。提起賈寶玉心迷走失，甄寶玉嘆息勸慰。知貢舉的將考中的卷子奏聞，皇上一一的披閱，看取中的文章，俱是平正通達的。見第七名賈寶玉是金陵籍貫，第一百三十名又是金陵賈蘭，皇上傳旨詢問：「兩個姓賈的是金陵人氏，是否賈妃一族？」大臣領命出來，傳賈寶玉賈蘭問話。賈蘭將寶玉場後迷失的話，並將三代陳明，大臣代為轉奏。皇上最是聖明仁德，想起賈氏功勳，命大臣查覆，大臣便細細的奏明。皇上甚是憫恤，命有司將賈赦犯罪情由，查案呈奏。皇上又看到「海疆靖寇班師善後事宜」一本，奏的是「海晏河清，萬民樂業」的事。皇上聖心大悅，命九卿敘功議賞，並大赦天下。賈蘭等朝臣散後，拜了座師，並聽見朝內有大赦的信，便回了王夫人等。合家略有喜色，只盼寶玉回來。薛姨媽更加喜歡，便要打算贖罪。

　　一日，人報甄老爺同三姑爺來道喜，王夫人便命賈蘭出去接待。不多一時，賈蘭進來，笑嘻嘻的回王夫人道：「太太們大喜了！甄老伯在朝內聽見有旨意，說是大老爺的罪名免了；珍大爺不但免了罪，仍襲了寧國三等世職。榮國世職，仍是老爺襲了，俟丁憂服滿，仍升工部郎中。所抄家產，全行賞還。二叔的文章，皇上看了甚喜，問知元妃兄弟，北靜王還奏說人品亦好，皇上傳旨召見。眾大臣奏稱：『據伊侄

十二月廿七日

賈蘭回稱出場時迷失,現在各處尋訪。』皇上降旨,
著五營各衙門用心尋訪。這旨意一下,請太太們放
心,皇上這樣聖恩,再沒有找不著了。」王夫人等這
才大家稱賀,喜歡起來。

海參

【出處】 賈蓉也忙笑說:「別看文法,只取個吉利兒罷。」一面忙展開單子看時,只見上面寫著:熊掌二十對,鹿筋二十斤,海參五十斤,鹿舌五十條,牛舌五十條……」(卷五十三)

【釋義】 海參綱棘皮動物,中國沿海地區約六十餘種,有二十餘種可供食用。海參與人參、燕窩、魚翅齊名,為海八珍之一。據《本草綱目拾遺》:「味甘鹹,補腎,益精髓,攝小便,壯陽療痿,其性溫補,足敵人參,故名海參。」海參具有通腸潤燥、止血補血、增強抵抗力等功效,乃滋補佳品。

十二月廿八日

賈雨村歸結紅樓夢

甄士隱詳說太虛情　賈雨村歸結紅樓夢

十二月廿九日

卷一百二十

　　這一日，空空道人又走青埂峰前經過，見那補天未用之石仍在那裡，上面字跡依然如舊，又從頭的細細看了一遍，見後面偈文後又歷敘了多少收緣結果的話頭……便又抄了，仍袖至那繁華昌盛的地方，遍尋了一番，不是建功立業之人，即係糊口謀衣之輩，那有閑情更去和石頭饒舌。直尋到急流津覺迷渡口草庵中，睡著一個人，因想他必是閑人，便要將這抄錄的《石頭記》給他看看。那知那人再叫不醒。空空道人復又使勁拉他，才慢慢的開眼坐起。便接來草草一看，仍舊擲下道：「這事我已親見盡知，你這抄錄的尚無舛錯。我只指與你一個人，托他傳去，便可歸結這一新鮮公案了。」空空道人忙問何人，那人道：「你須待某年，某月，某日，某時，到一個悼紅軒中，有個曹雪芹先生，只說賈雨村言，托他如此如此。」說畢，仍舊睡下了。

　　那空空道人牢牢記著此言，又不知過了幾世幾劫，果然有個悼紅軒，見那曹雪芹先生正在那裡翻閱歷來的古史。空空道人便將賈雨村言了，方把這《石頭記》示看。那雪芹先生笑道：「果然是『賈雨村言』了！」空空道人便問：「先生何以認得此人，便肯替他傳述？」見雪芹先生笑道：「說你空，原來你肚裡果然空空。既是『假語村言』，但無魯魚亥豕以及背謬矛盾之處，樂得與二三同志，酒餘飯飽，雨夕燈窗之下，同消寂寞，又不必大人先生品題傳世。似

十二月卅日

你這樣尋根究底，便是刻舟求劍、膠柱鼓瑟了。」那空空道人聽了，仰天大笑，擲下抄本，飄然而去。一面走著，口中說道：「果然是敷衍荒唐！不但作者不知，抄者不知，並閱者也不知。不過遊戲筆墨，陶情適性而已！」後人見了這本奇傳，亦曾題過四句偈語，為作者緣起之言更轉一竿頭云：

說到辛酸處，荒唐愈可悲。
由來同一夢，休笑世人癡！

冰床

【出處】 「他們雖不料理這些，卻日夜也自在園中照看；當差之人，關門閉戶，起早睡晚，大雨大雪，姑娘們出入，抬轎子，撐船，拉冰床，一應粗重活計，都是他們的差使：一年在園裡辛苦到頭，這園內既有出息，也是分內該沾帶些的。」（卷五十六）

【釋義】 又名「拖床」，「冰排子」，一種可在冰上滑行的交通工具，形如坐床，用人力挽拉或撐竿滑行。清富察敦崇《燕京歲時記·拖床》載：「冬至以後，水澤腹堅，則什刹海、護城河、二閘等處，皆有

〔清〕錢維城　畫御制雪中坐冰床即景（局部）

十二月卅一日

冰床，一人拖之，其行甚速。長約五尺，寬約三尺，以木為之，腳有鐵條，可坐三四人。雪晴日暖之際，如行玉壺中，亦快事也。」

詞條索引

參考書目

曹雪芹、高鶚著，張俊、聶石樵等校注：《紅樓夢》，中華書局二〇一二年版。

曹雪芹、高鶚著，張俊、沈治鈞等評批：《新批校注紅樓夢》，商務印書館二〇一三年八月版。

馮其庸、李希凡主編：《紅樓夢大辭典》（增訂本），文化藝術出版社二〇一〇年八月版。

版本及插圖

根據中華書局版《紅樓夢》（以北京師範大學圖書館藏程甲本為底本，啟功主持，張俊等校注），節錄一百二十回重點精彩段落，配以重新彩繪的古版插圖，並擷取書中的文玩器物、飲饌服飾、歲時節俗等知識，全面呈現出紅樓夢中人物的生活情緻。

由著名工藝美術家戚明先生，精選《紅樓夢》眾多版本的版刻插圖，歷時三年時間加以整理複製，重新彩繪，保留原作古樸凝練的風貌，同時增添畫面的豐滿生動。

國家圖書館出版品預行編目資料

一日紅樓一年夢/曹雪芹原著 . 初版 .
新北市 . 聯經 . 2016年10月（民105年）.
768面 . 10×21公分
ISBN 978-957-08-4805-2（精裝）
[2020年11月初版第四刷]

857.49   105016117

一日紅樓一年夢

原　　作　曹雪芹
編　　者　北京曹雪芹文化發展基金會
副總編輯　陳逸華
總 編 輯　涂豐恩
總 經 理　陳芝宇
社　　長　羅國俊
發 行 人　林載爵

叢書主編　李佳姍
校　　對　陳佩伶、施舜文
封面設計　江宜蔚

出版者　聯經出版事業股份有限公司
地　址　新北市汐止區大同路一段 369 號 1 樓
電　話　（02）86925588 轉 5320
印刷者　文聯彩色製版印刷有限公司
發行所　聯合發行股份有限公司
版權所有 · 翻印必究 · Printed in Taiwan
2016 年 10 月初版 · 2020 年 11 月初版第四刷
ISBN 978-957-08-4805-2　定價：850 元

本書中文繁體字版由中華書局（北京）授權出版

ISBN 978-957-08-4805-2

00850